化晚楼

毛圣昌 著

南京师范大学出版社
NANJING NORMAL UNIVERSITY PRESS

图书在版编目(CIP)数据

花晚楼/毛圣昌著. —南京：南京师范大学出版社,2020.9

ISBN 978 - 7 - 5651 - 4464 - 6

Ⅰ. ①花… Ⅱ. ①毛… Ⅲ. ①诗集－中国－当代 Ⅳ. ①I227

中国版本图书馆 CIP 数据核字(2019)第 300180 号

书　　名	花晚楼
作　　者	毛圣昌
插　　画	白莹莹
策划编辑	郑海燕
责任编辑	王雅琼
出版发行	南京师范大学出版社
地　　址	江苏省南京市玄武区后宰门西村 9 号(邮编:210016)
电　　话	(025)83598919(总编办)　83598412(营销部)　83373872(邮购部)
网　　址	http://press.njnu.edu.cn
电子信箱	nspzbb@njnu.edu.cn
照　　排	南京开卷文化传媒有限公司
印　　刷	江苏凤凰通达印刷有限公司
开　　本	787 毫米×1092 毫米　1/32
印　　张	9.625
字　　数	133 千
版　　次	2020 年 9 月第 1 版　2020 年 9 月第 1 次印刷
书　　号	ISBN 978 - 7 - 5651 - 4464 - 6
定　　价	48.00 元

出　版　人　张志刚

自　序

　　自在飞花轻似梦,无边丝雨细如愁。每一位写诗的人,心中都住着一个林黛玉。

　　前辈写过《饿死诗人》,我想如果真只是写诗,恐怕是真会饿死。那为什么还要写诗呢? 或许于我而言,工作是为了"生",写诗则是为了"活"。如果我不工作,肯定会饿死,那也就没法写诗了。但如果只工作不写诗呢,那我可能也只是僵行一生,白活一世。人生在世就是生活,"生"与"活"缺一不可。那也许有人问,如果可以把写诗写成工作呢,岂不就两全其美了? 的确有人能做到,他们无一不是所在时代诗坛的杰出人物,出类拔萃,凤毛麟角。反正,大多数我这样的凡人是望尘莫及的。

　　出于真心爱好,也由于心中生发了对诗歌的信仰,所以我多年以来一直笔耕不辍。之前也整理出版过两本诗集,但大多是较为简短的自由诗。而当我在读《长恨歌》《唐璜》《失乐园》的时候,早就有一颗种子在发芽,那就是我也要写长诗,写一首可以讲很长很长故事的诗。画卷庞大,故事绵长,像小说那样娓娓道来,持久而生动。

直到 2015 年,一件和诗歌不相关的小事,启动了我的长篇诗笔。我是一个很少看电视连续剧的人,除了小时候看过《西游记》等剧,成年后几乎没有看完整过一部剧,更别说让我去追剧了。但那一年,我居然足足追完了一部长篇连续剧,它就是《琅琊榜》。江左梅郎,低眉浅笑,算计人心。少年将军,死里逃生,复仇天子。一部架空历史剧,跌宕起伏,环环相扣,一气呵成,让人沉浸其中,大呼过瘾。看完之后,我就开始了这部《花晚楼》的创作。

花满楼上楼满花。花满楼是我学生时代非常喜欢的一个武侠人物。比喜欢这人物更甚的是喜欢这个名字,一个画面感极强的名字,阅之不自主地会勾起嘴角微微一笑。但自娱自乐尚可,如果刊印发行,为避嫌盗用,也为不引起误解,终归听从好友们的提醒,改作花晚楼。

这是我第一首长篇叙事诗,历程稍显生硬,章节都是先写成记叙体,再精炼成诗歌体的。所以虽说诗歌全长五万多字,可我实际却写了有三十多万字的底稿。但其中也有一些章节是一气呵成,落笔成诗的。记忆犹深的是那段四字句讨伐檄文,全文都是四字一行,浩浩汤汤,未有大改,一笔到底。还有那几章描写两军交战的恢宏场景,我也是带入其中,展开想象,像一名战地记者那样观察着眼前大战的景象,时刻记录成诗……

写精小诗歌难,驾驭长诗也不易,尤其对于我这个写长诗的新手,不少地方即使到了终稿,也未曾满意,但我虽知之,却行之无绪,最终进步不大,所以在这里一并谢罪于读者了。请原谅我的借口:剑意须从战中出,笔力要在纸中磨。

写这篇自序的时候,我中华大地正在全民战疫。经历过 SARS、经历过汶川地震的我们,再次证明了我中华民族能绵延千年,是因为我们血脉里的优良基因——韧性。

加油,武汉!加油,中华!中国战疫,必胜!

毛圣昌

2020 年 3 月

目　录

武林大会

熙熙攘攘难分黑白，
来来往往皆为名利。

起 兵

大功告成的璀璨丰碑，
要用几十万将士的
鲜血淋漓铸就。

第一章
尘世何所忧

你可听到过雪花飘落屋顶的声音?

你可听到过花朵窗前绽放的欢乐?

你可闻到过远山木叶飘来的清香?

你可闻到过山雨欲来泥土的气息?

你可能有过,也可能没有,

但我都有过。

我的世界没有光明,

可世界的光明一直照耀着我;

我的眼里没有世界,

可世界却清楚地在我心上倒影。

你的世界我看不到,

我的世界也有你看不到的精彩。

花满楼上楼满花,

独酌西窗向天涯!

第二章
小楼黄昏

夕阳温暖，

暮风轻柔，

鲜花喜悦地簇拥着，

开满小楼的上上下下。

黄昏的余晖从西方，

把小楼抹上一层金灿灿，

地板、楼梯、窗棂、茶几、还有那只古琴，

在晚风中熠熠生辉。

花晚楼静静地坐在窗前，

深深地呼吸，

尽情吐纳着浮动的芬芳，

芬芳，

一浪又一浪地在他跟前荡漾。

伸手轻轻地抚摸着花瓣，

就如情人温润柔软的嘴唇，

一阵又一阵酥软，

从手臂往上传。

晚照笼上他的脸庞，

那里有微笑、平静、温暖和热爱在铺展，

他默默地感谢上苍，

生命多美妙！

生活多美好！

第三章
侠盗

一袭红衣惊落山寺桃花无数,

落英的缤纷淹没了寂静的空谷。

明眸里衔满远山秋水,

倒映着湖面皓月银辉。

脚步间流云飞逝,

裹挟着清风在时间上踏浪,

却不曾沾染片刻。

一柄银蛇缠腰软剑,

刺落江洋巨盗几无数,

挑尽富贾银庄多金库,

为泛滥的黄河赎罪,

给崩塌的山岳救苦,

挽起尘世间多灾多难,

送一丝温暖的普度。

年少的侠气鼓荡着大江南北,

飞舞的剑光也烦扰了恶水的江湖,

那黑市榜上高悬的赏金，

终究推动了三座恶煞的石像，

杀手榜六、七和十联手的

刀枪斧影、追杀，

红衣带血，一路奔逃……

第四章
瞎 子

夕阳如血染红了丝衣，

晚霞肆意烧毁天际，

伤口狰狞。

远方地平线贪婪地张着大口

吞没了道路，

路上红衣的拖行惊恐了飞鸟投湖。

清凉的晚风蛊惑着死亡的美妙，

温暖的黄花操演着丧礼的微笑。

那路的转角，

有一座小楼在眼中飘荡，

希望的灰烬里有一丝被点燃，

红衣飞身已落在小楼。

一道背影在窗口安坐，

金灿灿的夕阳笼罩他四周，

修长的手静静地抚摸着花朵，

芬芳淹没了空间角角落落，

似乎时间在这里窒息，

似乎这里是天堂的入口。

"我能否在此一躲?"

"不行。"

"为何?"

"你不用躲!"

"为何?"

"因为这里是和平的处所。"

"可杀手是和平的克星。"

"哦?"

"你不信?"

"呵呵!"

"能胜过三人联手的世人不超过两手。"

"嗯。"

"我现在能躲了吗?"

"你不用躲了!"

另一个声音从地狱里呼出:

"死人是不用躲避死亡的。"

一把黑刀，一杆血枪，一柄残斧，

拉响了死亡的狂想曲。

花晚楼悠悠起身，轻轻迈步，

慢慢走近红衣身前，

甫定的瘦削身形

顿时被裹进夺命的光影，

如一叶轻舟被揽进暴风骤雨，

凶恶的巨浪要把瞬间淹没。

金刚残斧呼啸着残忍的气息，

想象着脑颅绽放成花朵，

嗜血长枪咿巴着摇动变幻的舌头，

定要把四溅的鲜血一饮而尽。

黑刀白刃潜伏着幽冥，

一双无常静候索命。

但，

指间轻弹，斧飞窗外金鱼池，

慢推一掌，枪杆脱手弯如弓，

一闪即至的刀光快抵胸前半寸，

伴着臆想得手的狂笑，

刀，戛然而止，

进不了退不回分毫，

在那修长的两根手指间吓碎了胆魄。

"请回吧，带好酒，来赎兵刃！"

花晚楼铺满笑容地说。

看着道路尽头消失的三道身影，

红衣激荡着不可思议的心情，

夜幕已踽踽降临，

"该掌灯了。"

"哦！我忘了有客人。"

"你一人就不掌灯？"

花晚楼沉默着慢慢转身，

精致的面庞上荡漾着微笑，

一刹那，

夜的无声霹雳击中红衣，

呆立在原地，

"你是——瞎子！"

第五章
绝世功法

红衣小驻驱赶了小楼的孤独，

青春的美貌羞弯了小楼的傲骨，

在清晨为谁递上润湿的方巾，

擦干净夜梦的残留，

在晌午为谁烹煮丰足的饭肴，

举起酒杯对饮不尽

似有还无的人情。

黄昏的西窗，

盛不下两个人痴痴的眺望，

远方的诗与剑，武林和江湖。

月色下，一手抚琴，

一手扬花邀请，

红衣善舞，一曲惊鸿，

把月色惊叹得明亮，

羡煞了羞花摇摆踢足。

灼热的心灵给了我从未见过的光明，

热爱的生命让我始终风平云静，

可如今从未有过的温情，

律动着这颗年轻热爱的心，

如今昨夜还可安睡的枕边梦里，

跃动的已都是她的身影，

漫天的星辰都是她的明眸闪烁，

天地的暗香都因她的青丝在浮动。

"教我抚琴可好？"

"好！"

三月过后，

"我琴抚得可好？"

"好！"

"我……"

"你要走？！"

"是。"

"为何？"

"因为我已叨扰太久。"

"还是因为你已记下琴谱？"

"你是什么时候知道的?"

"在我梦里都是你之后。"

"那你为何还教我?"

"因为我已不是我。"

"为何?"

"因为你。"

"可我还是我,我不是因为你,是因为你的琴你
  的谱。"

"绝世功法比我重要?"

没有回答,

只有一个身轻如燕远去的身影。

没有追逐,

只有还一样灿烂微笑的脸

和微微颤抖的手。

第六章
慕容山庄

青峰高耸深深擎住天空，

山河奔腾在脚下肆意翻涌，

峰腰一巨无与伦比的巉岩矗立，

云雾掩映岩上金瓦玉墙的山庄。

五步一阁，十步一楼，

廊腰缦回着森严，

檐牙高啄着等级，

殿宇与山势彼此拥抱，

青云环绕，

长亭和水轩钩心斗角，

参差平云。

一座座一排排，

浩浩荡荡，

一盘盘一囷囷，

辉辉赫赫。

今夜，

月华如水浸侵深殿，

点燃高台上的夜珠熠熠生辉，

一尊背手而立笔直的背影，

压缩着四周的空气，

惊退得了时间。

一个鹤发童颜的老者，

如影随形，

恭谨里浮泛着智慧，

眸中灵光一闪而过。

红衣跪起身长揖：

"父亲。"

"拿到了?"

"是。"

"顺利吗?"

"是。"

"没怀疑?"

"不,是知道。"

"哦?

不会有诈?"

"应该不会。"

"为何?"

"因为他可能爱上了我。"

……

一丝阴冷闪过笑容，

父亲的脸庞坚毅深沉。

一阵红晕拂过红衣，

滴落了许多惭愧与不安。

第七章
落花琴·流水剑

"花老，你怎么看?"慕容擎天问。

"天晴所言应该不假。"

"就这么简单?!"

"但七子是真是假不好断言。"

"欲擒故纵?"

"难说。但无论真假,琴谱会是真的。"

"哦?"

"钓大鱼,放假饵,是没用的,

何况这不是一般的大鱼。"

"你是说我们被当作大鱼了?"

"非也。"

"那是? ……"

"流水剑!"

两人异口同声,相视而笑。

月光倾泻似水银洗地,

远方的小楼银锭般伫立，

秋夜的露珠屋顶闪烁，

辉映着浩瀚的星空。

楼外无际的向日葵整齐谦恭地

低着头，

洗耳恭听楼上的窃窃私语。

大方的油灯端坐在四方桌上，

将每个角落都温暖地照到，

还偷偷地向窗外张望。

桌上的酒馔早已盛满了醉意，

轻悄的话语点点又滴滴，

秘密又好奇，

洒落一地的困惑与暗语：

"慕容天晴来过?"那位四条眉毛的人问。

"来了，又走了!"花晚楼说。

"你好像有点难过?"

"或许吧。"

"她拿走了落花琴谱?"

"是。"

"她不怀疑?"

"我给了她一个不怀疑的理由。"

"她相信？你喜欢上了她。"

"或许吧。"

"你好像真的有点难过。"

"……"

"这本不就是你想要的结果吗？"

"是。"

"我好像有点懂了你的难过。"

"也许吧。"

"接下来你打算怎么做？"

"静观其变。"

"他们有了琴谱应该会去找剑。"

"是的，去找名剑山庄的流水剑。"

流水剑，

落花琴，

一朝两相练，

江湖独步行！

流水的剑斩得断流水，

断得了时间。

招如行云似流水，

无孔不入，

防若固城浇金汤，

无坚能摧。

落花的琴摧得断亡魂，

断得了情缘。

功通北冥起鲲鹏，

直上云霄，

法得自然道无限，

天人合一。

剑随法舞，动乾坤掌握星辰，

能追上时间的那头，

谈笑间书写历史。

身按功发，通任督贯彻宇宙，

察晓毫发的里面，

丝毫里观看世界。

得琴剑者得武林，

得武林者望天下！

第八章
武 痴

皓月当空徐徐而行，

白云悠悠飘荡在夜晚之上，

深山的深度掩饰着深深的独孤，

黑夜的沉寂踽踽和鸣了他的内心，

一袭白衣立在苍白的月影上，

万千青丝浮泛在清冷的山岚中，

安静得出奇，

只听见夜虫的呼吸，

寂寞得要命，

仿佛时间都成了累赘。

一刹那，

剑光一闪，月光黯淡，

手腕翻飞，剑花灿烂，

冲天的剑气，

惊颤了月华遁云逃去，

如渊的气势，

游龙潜凤也不动涟漪。

一招排山，

挑千尺瀑布倒流，

一式掀风云，

变幻引惊雷电闪。

下一刹那，

人又如松，岿然不动，

一切恍若一场幻象，

梦里的一个场景，

只有远方逐渐隐没的惊雷，

还在揭示着刚才的真相。

白衣如雪，

墨发纷飞，

武痴——名剑！

以剑为妻，

以武为食，

快乐早已被冷峻戒掉，

只能在更高的攀登中复活。

犹如湖面顾影自怜的纳西索斯，

在孤芳自赏中独孤求败。

孤独的生命好似已无可救药，

形单影只行走在死亡通道，

有气无力。

这十二主神居住的名剑山庄，

谈笑间取万军将领首级如同儿戏，

顷刻里可覆灭泱泱的王朝血脉。

只是对世间金樽美女白玉龙床，

提不起半点兴趣。

江山壮美，田宅肥沃，

也可予取予求

费不了半点功夫。

恰是，是年，

山庄万鸽飞舞，

传遍江湖求告一服独孤解药：

"吾有流水剑，

若有献上落花琴谱者，

吾遂愿其一事，

无论大小！"

第九章
峡谷截杀

新月淌光所有黑色的血液，

苍白无力地仰在天空，

夜被浸染得漆黑，

密不透风让人窒息。

峡谷是大地在远古的一道伤口，

狰狞地扭曲在这里，

弥漫的痛楚千年未曾消散。

从地底深处延伸出来的地平线，

有一队人马在移动，

黑色的快马掀起阵阵旋风，

飞沙走石，铁蹄阵阵，

敲震着地狱的屋顶。

玄衣紧束的劲装偶尔闪露

腰间的弯刀，

瞬间暴射出阴森彻骨的寒光，

惊悚引寒鸦乱飞。

一十八骑雁字阵飞掠大地，

整齐划一里揭示着非凡的战力：

慕容铁骑，天下无敌，

以一敌百，

大破三千皇家近卫军。

一路风起云涌，

卷起沙尘如海潮滚滚而来，

转瞬间轰轰然直抵谷口，

"长蛇阵！"一声喝令，

孤雁变长蛇，

"举盾！"

一声金属铿锵，铁盾布顶。

人马的速度不减毫分，

队伍如长蛇入洞迅疾无踪，

留下滚滚沙尘撞击着谷口的山麓。

在噬人的谷底黑暗中，

人马首尾相衔，

奔驰依旧如飞。

蜿蜒的峡谷弯曲了时间，

吞噬着所有路过的光线，

人马安静，结队成群，

却又似个个踽踽独行，

心神驰往坠落黑暗的深渊，

铁血的信念好似枯萎召唤死亡。

突然，

半空中闪起一声霹雳，

震彻山谷打碎玻璃般的寂静，

熊熊的一团火从天而降，

喧哗出巨石崩塌的巨响，

淹没了前方。

"后撤！"

突然的灾难，整齐的转身，

昭示着身经百战钢铁的纪律。

又是一声巨大的声响，

巨大的火，

巨大的山石滚落，

后方也被阻断。

"弃马，上山！"

嗖嗖嗖，

身形如攀月长猿，

援树而上，

点枝而起，

矫健的身影如鬼魅，

在火光中穿梭。

嗖嗖嗖，嗖嗖嗖，

霹雳后的箭雨如期而至，

倾盆而下带着得意的气息，

三角的箭镞摇晃着尾羽

尖锐的低啸，

渴望着鲜血的洗礼。

这里精巧的盾牌格挡住死神，

愤怒的弯刀劈开了偷袭，

在这箭雨之中，

没有慌乱的躲避，

没有绝望的恐惧，

只有凝神静气的应敌。

向上不断地攀爬腾跃，

上面露出的惨淡月色已成了希望的灯塔，

还有二十多米，

就可以逃出这地狱，

那时不管是谁在偷袭，

都要使之死无葬身之地。

就在这时，

山上两边人影攘攘熙熙，

硫黄和火油气息扑鼻，

十八兄弟的一条心咯噔一沉。

火油开始在山谷歌唱，

火焰在疯狂地奔跑，

箭雨下得更急，

与火焰一起狂欢，

这里已是炼狱，

无路可逃。

又一声尖锐的鸣哨破空而起，

十八人瞬间分为六组，

每组两人左右举盾，

中间一人

一手握诸葛连弩，

一手旋绕着铁链，

铁链的那头连着嗜血的弯刀，

三人一组，三组一队，

分成两队，急遽向上。

十五米，

十米，

箭雨早已聚集，

穿透了盾牌和手，

也未能阻挡这铁的血祭，

鲜血早已淋漓，

血肉之躯，

却丝毫浇不灭心中骄傲的火。

最后五米，

没有迟疑的光荣，

只有勇敢的冲锋，

前三组扔掉了所有武器，

用手脚牢牢扣住陡峭的崖壁，

不顾呼啸的箭雨，

用尽最后一丝气力，

在陡峭的山壁上搭出一个坚实的突起，

长啸肃起，此起彼伏，

后三组的战士，

踏着兄弟的尸体，

一跃而起，

跃上山顶裹挟着悲愤和仇恨，

宣泄来敌。

在对面的一座山峰上，

静静地看着这里的情景，

就像看见几滴墨水掉在池塘里，

肆意渲染那黑色的力，

可经不起一个又一个

浪花的冲击，

终于被彻底平息。

那山顶上银光闪闪，

如水银的海洋，

浪花正平复刚刚被激起的涟漪，

在惨白的月光下，

生辉熠熠。

"银甲卫?!"

"是的，十队银甲卫，一千虎贲军，

这次来了足足有三队。"

花老平静的回答里，

游离一丝惋惜转瞬即逝，

"这皇帝还真舍得!!!"

慕容庄主转身看着花老悠悠说，

手却不自主摸了摸怀中的那卷真琴谱。

山谷已重新披上黑暗，

寂静又占领山顶，

清清的风悠闲地吹过，

若不是还有些咸腥鲜血飘荡，

好像什么都没有发生，

除了那十八具玄衣尸体，

还有陪伴的一百来座漂亮的银甲坟墓，

都一起徒添峡谷的伤痛而已。

这时候，

有四个人又走进了谷底，

一个是花晚楼，

一个四条眉毛，

一个白衣白发，

一个一瘸一拐，

花晚楼还是满脸微笑，问道：

"慕容擎天他们走了?"

"是的，

只可惜我们没看到好戏。"那个瘸子说。

"好戏还在后头"，

两条胡子和两条眉毛都翘了翘。

第十章
棋　局

"东西拿到了吗?"

"拿到了,但不知真伪。"

"什么人护送的?"

"慕容十八骑。"

"那有五成可能是真的。"

"十八铁骑都已斩杀,无一逃走。"

"哦? 好! 那现在有七成。"

"但他们拼命突围,

也折损银甲卫一百二十八人。"

"峡谷设伏,

以逸待劳,居高临下,

火药炸谷,弩箭封顶,

还斩杀我百里挑一的银甲卫一百多人,

慕容铁骑真是名不虚传啊!

哈哈哈哈……"

"陛下为何大笑?"

"如此这般,

我估计有八九成是真的了,

那慕容十八铁骑

可是慕容老贼二十多年的心血,

他铁骑部队的灵魂。

哈哈哈哈……"

"陛下,恕微臣直言,

我还是无十足把握是真。"

"罢了罢了,拿到就好,

到了名剑山庄自知真假。"

"是。"

陈文登看着退出殿外的身影,

回望金銮宝座

暗自一声叹息。

"宣大司马!……"

皇帝和司马盘膝坐在局中,

黑白的棋盘幻化着时空,

乌云压城的悲壮和着拨云见日的鸣响,

你来我往中掺杂了多少低眉浅笑的算计，

云谲波诡隐藏了多少暗语，

尔虞我诈掩埋了几多智计。

哗啦啦长龙虹吸，

阴森森屠龙计划，

短兵相接的惨烈，

惊心动魄，

环环相套的陷阱，

十面埋伏，

世事如棋局局崭新，

局局世事倒转不了生死。

捕蝉的螳螂，

倒映在黄雀的眼眸里，

高高的鹰隼白云中隐没，

期待黄雀的大意，

何处的弓弩，

虔诚地仰望着白云深处，

盘算着丰厚的收获。

不可言说，

不敢言说，

不好言说。

皇帝的手指轻敲着桌缘，

在节奏里流淌出深深的忧虑。

"司马，这局，可能赢？"

"输赢，言之尚早。

当年太祖皇帝

文韬武略，雄霸天下，

刀枪与金银齐上，

情义和阴诡同出，

纵横捭阖，左右逢源，

夺大梁，灭南燕，

驱北越至海上，

抵胡虏于黄河，

驰骋天下，一统南国，

奠我大陈基业。"

"但死灰可以复燃，

病树能抽新枝，

阳奉阴违,暗度陈仓,

拥兵自重,割据称豪,

天下不太平啊!"

第十一章
时　局

"天下之势纷纷扰扰,

天下之局缠缠绕绕,

错综复杂里千头万绪,

千丝万缕中相互勾结,

理不清,剪不断,

看不明,自难断。

北有胡虏虎视眈眈的号角,

南有海上流亡国的复辟大梦,

内有过江之鲫的豪杰争强好胜,

你争我夺中拉帮结派,

此起彼伏里居心叵测。

慕容一族以南燕遗胄自居,

华丽丽建府,

响当当扩军。

太祖是年为速平南燕,

抽身以对北越之国，

定下雄霸策略：

破燕都、大屠城，

屈之以兵，

许以拥怀兵甲，

铸币自行，盐铁独营，

诱之以降，

方得半年快平之。

却也操之过急，

火虽灭余烬犹在。"

"当年南燕慕容皇族的投诚，

族内分裂似泾渭的水分明，

投诚的委屈和着玉焚的呐喊，

笼罩着当年的血火也压抑着如今的生活。

太祖赶尽杀绝反对的一支血脉，

时势紧急，

却未曾动得了投诚一支的根本，

亡国灭族的血海波涌着仇恨，

深藏家国天下的一族心底，

在每一个夜深人静的梦里被统统惊起。

三十个春秋日月，

卧薪尝胆的坚忍，

如今铁骑五万，战力卓越，

步卒隐没于民，不可细数。

实力决心不容小觑！

名剑山庄的武功照耀着武林，

看似飘飘然超然世外，

追求武学独孤的绝顶，

实则居心难卜难料。

武功天下的翘楚，

难敌行军打仗一统天下的无奈，

力如上将军烹不得小鲜，

大雄狮只望洋兴叹，

迟迟未露的野心含而不发。

现如今

飞鸽万里江湖，

广发英雄豪帖，

明则拜求绝世功法，

修得落花流水神剑，

实则结丝张网歃血为盟，

以图皇皇大计。

自古空穴从不来风，

名剑祖上久侍大梁帝，

恩宠三代，

报复与图天下并举，

此非妄言！

姑苏花家，

江南第一富贾，

广结天下，抛金撒银，

游走于官宦而不怵，

行道于绿林犹不惧，

脚踏黑白世界，

手眼通天入地，

一族智计皆非凡。

虽无甲兵自重，

但富甲天下，

暗藏兵库也未可知。

更有甚者，

花家本是北越皇室外家一脉，

原也与北越皇室同姓皇甫，

后被皇室正室迫害，

进而逼其以贱物花草为姓，

逃至江南，

默默谋求生计，

经商以成富贾。

然对北越皇室心怀仇恨，

太祖南驱北越之时，

出钱粮无数，

并绝密情报几多，

助太祖迅速驱平北越，

厥功甚伟，

甚得嘉许。

但时移势易，

前朝皇室血脉的躁动，

鼓动着不臣的心。

加之天下本就初定，

人心不稳，江山甫固，

是以此时言之输赢，

尚早！"

第十二章
对 策

"那我们该如何处之?"皇帝问,焦虑难掩。

"处之以静,蓄之以力,击之半渡,斩之根本。"

"愿洗耳恭听!"皇帝拱手道。

"天下局势虽浩浩荡荡波涌不平,

各路豪强在欲望里蠢蠢欲动,

满城金甲的往事映照着皇城上下,

山雨欲来的形势荡漾在江山内外。

但我们的担心已超过了信心,

我们的疑问模糊了事实,

天下最强之兵力从未从我们手中溜走,

只是我们的眼被风云迷乱了,

心灵被忧虑包裹失明了。

天下民心虽大潮初定,

但我大陈立朝已三十余载,

在年老一辈的眼里那是天命，

在年轻一代的心中这是正统，

是故天下之心，我们占优。

我朝兵甲众多如满天辰星，

在风云际会的夜晚能熠熠生辉，

数十万的铁骑如奔腾大河，

在逐鹿中原的时候谁可阻挡？

陛下一声号令，

上千将军能披坚执锐，

百万兵士可赴汤蹈火，

衔远山，吞长江，

铺天盖地，浩浩荡荡。

若以力算之，当我们最强。

天下的地可凭骏马驰骋半岁不歇，

天下的钱粮能举国世代生息不绝，

这是我们的国本，

取之不尽的财富源泉。

国库亦经营多年，

金银就像山林的落叶

层层叠叠无以数计，

钱粮就如沙漠的黄沙

盘盘困困连绵不绝，

若以财计之，当属我们最富。

所以让妄自菲薄远离我们吧，

睁开信心的双眼，

握一握雄心的双拳，

长啸一声谁与争锋的呐喊。

但，

耐心是决心的液态，

智慧是勇敢的最爱，

复杂的局势不可贸贸然力取，

应以静处之，以弱示之，以兵骄之，

引诱天下豪强的躁动，

使他们野心暴露于明火之下，

我们轻易地锁定。

让他们贪婪陶醉在得意之中，

我们悄悄地准备。

他们那戒心会流失在对天意的妄自揣测里，

他们那坚忍会消匿于对实力的错误评估下，

我们伺机而动，一击即中。

最强的我们还不足以碾压天下，

但江山在你掌中，

大统在你宝座上，

陛下，

收起傲慢不安的心灵吧，

静下心爱我们的人民，

让勤勉帝案上的烛光照亮百姓，

让安居乐业的舒畅在世间流淌，

静静地广积钱粮，

静静地厉兵秣马，

待风云汇变，人杰异动，

初不惊扰，小败诱之，

合纵连横，间隙豪强，

待其势成骑虎，进退维谷，

集中巨力，猝不及防，

以迅雷不及掩耳之雷霆

重击主谋，

振聩从犯，

以势压之，以力取之，

再趁势而为，扫荡天下。

决绝地收回盐铁私营的特权，

迅疾地统一海内货币，

彻底地剥夺其兵甲，

残忍地亡其家灭其族，

务必斩草除根，

让他们彻底灰飞烟灭在历史长河中，

永世不得翻身。

以此为略，

非但可保江山无虞，

更可彻底稳固社稷。"

第十三章
各路英雄

落花琴谱的呈献点燃了名剑山庄的激情，

放飞出千万只鸽子搅动着冰冷枯寂的江湖，

如夏天的暴雨敲击着湖面，

初时，点点滴滴，

泛起圈圈涟漪，

一波未平另一波又起，

少时，密密麻麻，

砸将下来掀起阵阵波纹，

跳出浪花朵朵，争先恐后涌向四方，

此时，大雨滂沱，瓢泼如注，

如沸腾的汤羹，

蒸腾起满满的水泡，不停不歇地疯狂。

各路的豪杰怀揣着各种的心思，

热腾腾地启程，

奔向一个盛会的前程，

——名剑山庄的武林大会。

或踽踽独行，

冷峻的孤独小心遮掩着内心的渴望，

在斗笠的阴影下偶尔闪过微扬的嘴角。

或三五成群，

拜别祠堂先祖师们牌位殷切的颤动，

踏上匆匆的充满侥幸的旅行。

或成群结队，

大大咧咧地和江湖打着招呼，

招摇过市于繁华和喧嚣的红尘。

或旌旗猎猎，

大队人马的凛凛威风卷起风沙一路，

傲慢的自信迎着嗟叹和嗔怪整齐划一地行进。

昔日高山小径的偏幽

逃不过如今接踵的人影，

满山绽放的野花思考着秋天的结果。

江湖中争流的百舸

在急功近利里溯江而上，

沿岸纤夫的号子震动着欲望的格局。

官道上流淌着热闹

和着刀舞剑动的光芒，

闪耀着彼此狐疑的笑脸。

那遥望可见的高山山庄里头，

有一朵燃烧的火焰，

向世间派发这光亮和温暖，

引诱着这漫天的飞蛾扑火而去。

慕容擎天和花老坐在临街的酒楼上，

看着街上拥挤的热闹和丢落满地的思考，

相视而笑。

这里是名剑山庄山脚下的城镇，

如今热气腾腾。

"爹，我们何时动身上山?"红衣问道。

"等观众到得差不多的时候。"慕容擎天笑着说。

"这次花七子应该也会上山!"花老浅浅地说了一句。

"哦? 应该不会奇怪。"慕容擎天叹道。

"庄主大可放心，花家有祖训——世代不可与名剑家

　　族有任何瓜葛。"

花老连忙补充说。

红衣微微的颤动掩饰在窗外吹来的清风里，

袖中的玉手轻轻地紧握，

仿佛抓住这半年来花晚楼唯一的讯息。

那黄昏的小楼，

暗暗浮动的花香，

悠扬飘远的古琴声，

温暖的微笑，

还有那双温柔的双手把握着她，

静静地教她抚琴。

那时的时间已经暂停，

那时的空气已经微醺，

那时的世界就只有他们，

那时的他们是世上的一切。

可她的使命背叛了她的深情，

打碎了他们的梦境，

打碎了那满满温柔的心，

划伤了那片深情，

在心底留了道永不愈合的伤口，

生疼。

忽然，天地间闯入一片银光，

惊醒了红衣，

那地平线犹如波涛涌动，

银光粼粼，

在正午热情的阳光下，

远远闪耀着蔑视的光芒。

越来越近的声音震动着桌上的酒碟，

越来越亮的银光和鸣着金属刀剑的铿锵，

压缩着周围的空气，

窒息。

慕容擎天的眼眸上闪过十八铁骑的身影，

脸色阴沉如水。

"好一支银甲卫。"四条眉毛的人感叹道。

"只是一群漂亮的行尸走肉！"那个拄着拐杖的人
答道，

看向白衣白发的剑客。

"哼！"剑客厌恶地看着这些从身边不远处奔驰过的
人马，

衣角未飘动丝毫。

只有那个微笑挂满面庞的年轻人，

此时痴愣愣地"看着"街斜对面的一座酒楼，

他好像听见了那时小楼黄昏里的那片温馨。

第十四章
武林大会

九十九级台阶拥护成一个平台，

九十九个平台抬举出名剑山庄，

名剑大道从山脚决绝地攀延至峰巅。

抬头看见那夜空中的流云

飞渡于巍峨成群的殿宇，

闪烁的群星在山顶卖力地绽放，

铺陈着灿烂的天罗地网。

山岚摇曳着敬畏，

在神秘的山谷里抱头乱窜，

森林怀揣着恐惧，

踮起脚尖远远地眺望。

山脚下，

注满鲸油的一丈巨灯

伫立两排努力向上，

个个争先恐后。

上面一团团赤炽的火焰

兴奋地忽闪吞吐，

沉醉地跳跃，

一直伸入山顶的星空，

寻找他们那归家的路途。

大道上，

旌旗飘舞着敷衍的欢迎，

戈戟闪动着生冷的微笑，

飞云掣电的捍刀

依靠着度雾穿云的长枪，

密密麻麻。

方天画戟的金钩

睥睨着开山金斧的傲慢，

列列排排。

云雾缭绕着他们

嗅着江湖往事的血腥，

盘算着经年的热情

与冷血的对峙。

今日重阳，

山门开启武林的盛会，

英雄侠客涌入浩浩荡荡，

拱手招呼，勾肩搭背，

窃窃私语，开怀大笑，

冷眼旁观下呼朋唤友，

意味深长里踽踽独行。

这山庄烹饪着大会，

寒暄里搁些挑衅，

仰慕中油炸嫉妒，

怀恨里爆炒复仇，

嘲讽下蒸煮偷师。

五花八门的手艺，

烹出五彩缤纷的心思，

熙熙攘攘难分黑白，

来来往往皆为名利。

深远大殿内的尽头，

树立一架高座，

空空的沉默，

不见人影。

身后侍立四位出世的老人，

衣襟无风自鼓，

凝实的空气在盘算，

等待时机。

第十五章
献　谱

时机如成熟的果实，

在空气中怦然心动，

一道残影划过美丽的弧线，

飘落在远远的宝座上。

一个人形幻化而出，

面若朗月，

目似星辰，

身罩的黑袍缀满金丝花纹，

向四面张扬延伸，

越过衣袂边缘，

隐没在虚空中无所不在。

周身鼓荡的气浪，

实质般向四周跌宕，

荡涤着殿内的每一人，

激起阵阵涟漪，

此起彼伏，

最终无声地冲撞到四周墙壁，

卷起滔滔回声，

震颤殿宇。

霎时间，

倏忽里，

这股破碎的气浪，

又如大海潮退，

被卷吸回那远远高坐的人

如黑洞，

深无可测。

"感谢各路英雄赴会，

共襄落花琴谱流水神剑合璧盛典。"

一个苍老的声音犹如耳边传音，

不远也不近。

大殿内此时却如遭冰封，

离奇寂静。

四位侍立的老者，

分明是声音的来源，

却纹丝不动。

"献谱者，请上前，请上坐！"

声音甫落，

这时的人群，

绽放出一朵红色美丽的花，

莲步轻移，正欲上前。

"慢！"

一声雷吼的霹雳，

震咤出一尊银甲的战神，

壁立在那朵红花之前，

犹如闪电击中玫瑰，

滚雷碾压梅花。

"你无谱，献何物？"

第十六章
争　锋

"你怎知我有无?"
红色的冷言讥讽地射出,
一股玩味从嘴角上浮。

"因为你的谱,
已沦为我囊中之物。"
说话者,百逐。
江湖绰号"银甲战神",
武林世家的遗胄,
成名已久,
银甲近卫军的统帅。

银甲近卫军——
当今大陈皇室
长枪的枪头,无坚不摧,
大刀的刀刃,削金斩银。

恢恢然拱卫皇宫，

赫赫然听命至尊。

如今，

公然抢劫还搅拌起大言不惭，

露骨的无耻，

下流进皇室虚伪的油锅，

道貌岸然四溅，

蒸腾出一阵阵令人恶心的品味。

"无耻!"红衣女子愤愤而出，

出乎的意料，

到底惊到了早有准备的预料。

"那你现在可以下去了?"

百逐无赖地挑衅洋洋得意。

"你怎知我没有复制一份?"

红衣的智慧撩拨着真相。

"不可能!

名剑山庄说清道明：

除原迹,

不可复制多一份或滞留在手,

否则,鸡犬不留!"

百逐的愚蠢还陶醉在陷阱里呼鸣。

"是,但没说不能复制假的。"

红衣

那种玩味从嘴角跃起,

笑眯眯地放电勾引着。

百逐

如雷击枯木,灯逢夜兽,

僵立的战神在怀疑中石化,

在思虑中脑鸣,

强打精神的镇定,

摇了摇虚假的如梦初醒。

"不可能!"

"哦? 试试岂不便知?"

红衣的玩味

沸腾了,

在空气里弥漫撒欢。

"装模作样!"

百逐不屑地转身,

踏步上前。

"如若献假谱,该当如何?"

银铃脆声相问穿越了大殿,

"当诛!"

还是那个苍老的回应。

这时,

那股玩味彻底地喧闹起来,

好似高歌着蠢货去送死。

百逐耳闻此言,丧钟高挂,

在心底鸣响:

他带银甲千军,

在高山上苦守瞭望,

在峡谷里等待煎熬,

布下天罗地网,

将性命挂在刀尖上舞蹈,

拿鲜血舔舐伤口，

数百弟兄献祭了成功，

方才葬送

那闻名天下的十八人物，

夺得盖世的琴谱。

如今，

要多少勇气

才能承受赝货的玩弄？

百逐转念之间闪烁最后的思考：

十八铁骑铸就慕容五万大队的精魂，

五万铁骑铸就慕容一族的骄傲和不臣，

没什么可与之相提并论，

没什么值得葬送他们，

即使名剑的一纸承诺之沉，

合计着名剑山庄举庄的重，

都敌不过五万铁蹄灵魂的分量，

就如江山之绿如何抵过江山之土。

慕容反心，遍土皆知，

琴谱铁骑孰轻孰重泾渭分明，

毫无争议的结果。

百逐心思路过到这里，

才坚定了信心收拾心情，

向前上行。

那遥遥相招的空座，

可与名剑平起平坐，

最显赫的地方

也闪耀着死亡最危险的光芒，

假若赝谱引发名剑发难，

天下无人可从那么近生还。

一想到此，

眼前五十步散发着漫长的气息，

死亡或希望都在沿途埋伏。

第十七章
试　剑

百逐的生命高耸在针毡上，

看着那看琴谱的名剑，

惴惴不安洒满脚下。

忽然，

莫名的悲伤在耳旁吹起了号角，

那是拔腿就跑的预言。

浓浓的笑意在名剑脸上荡漾，

堆积层层叠叠的升温，

终于点燃成熊熊的狂笑，

笑声席卷撞击着每一处角落，

卷起霸道和血腥的泡沫。

"好谱！好谱！

百逐将军果真辛苦！"

名剑的笑盈盈转向了百逐，

愤怒在百逐脑袋里金鼓齐鸣，

绝望在脸上疯狂生长。

"此谱十分珍贵，

乃是前朝南燕御乐的绝响，

少小我在大梁皇宫内瞻仰过。"

名剑此言一出，

瞬息间电光火石闪耀，

一堵银光暴退腾空，

空中瞬移数十米，

甩尾了许多人追寻的目光，

可却在弧顶处戛然而止，

直线坠落在铺满鄙夷的地砖上，

鼓荡起嫌弃的灰土。

霎时远处又骤起人影憧憧，

忽然雕刻出十几具银甲的标本，

惟妙惟肖的脸庞还挂着震惊和不可思议。

目睹百逐的秒落，

看着似乎并未离座的名剑庄主，

慕容天晴离开伫立的原地，

上前在名剑座前恭敬地跪献，

"盟主,请!"

名剑久坐不语，

紧盯天晴阴晴不定，

仿佛要看穿她的轮回，

算透她的未来与过去。

时间总归打破沉默，

在最后的冷笑赞赏的"好"声中复活。

言落人起，

名剑抽出流水神剑，

顿时流光溢彩辉煌了大殿，

黯淡了上万的灯烛，

也欺灭了天外的明月。

手腕翻飞,银蛇千条，

嘶嘶缠绕住黑夜，

伪造成一个耀眼的天明。

剑身扭动,哗哗声响，

那空灵胜过幽谷的山泉，

不绝于耳畔，

禅意回荡在每个人的心坎，

洗尘除垢，

封印了挣扎的暴力，

吞噬着反抗的勇气，

有谁还能用什么来抵御这样的侵袭。

掌起风动,剑舞恭请,

落花琴谱羞涩地舒展开来，

黑色金丝袍在空间里穿梭，

凭空游走在瞬间的两端，

对谱舞剑,口念心诀,

立刻激起梵音高淌，

灿烂的剑华收敛幻化

成桃花源里的落英缤纷，

风卷起落,环环绕绕,

无数的花影在人群间飞旋，

漫天飘舞,粉红了人间,

在大殿里每一位身旁徘徊，

落在每一位的头顶肩头，

那落花笼罩了世界大千，

绚烂繁华,美不胜收,

经营起一个梵音高唱天花乱坠的世界，

人们

无出其外，无入其里，

无所不在，无处可逃。

所有人都在这惊艳里震颤，

都在这恐惧里无奈，

心智早已被扣留，

魂魄悄悄被夺舍，

一切都淹没在舞剑者的大同世界里，

心念一动，生死随风。

这就是落花流水剑谱的合璧！

落花影相动，

流水叹落痕。

但闻天上语，

不见旧时人。

第十八章
挑　战

"恭喜盟主,合璧成功!"

大殿内排山倒海的祝贺涌向名剑的畅快。

"哈哈哈……"名剑很是受用,

"慕容庄主厚意我已受领,定当不负我的承诺!"

慕容擎天不动声色的眼眸闪过一抹光华。

潮红在名剑苍白的脸上涌动,

"哈哈哈哈……,感谢各位英雄千里赴宴,

我定不辜负大家重托,和诸位一起携手重振武林,再
　铸丰碑。"

"大言不惭!"

一声冷哼突兀地从欢乐的海洋里上浮,

将喧闹的喜气瞬间冻结成冰峰的沉寂,

所有的目光聚焦向那声音的源头,

是四人,

一瘸一瞎,一个四条眉毛,一个白衣白发。

他们四周的人如浪花一样排将开来,

怀疑的心思旋即被一口倒吸的冷气狠狠吹散。

这四人的组合能算当今武林的天团，

都是武功排名前十的人物，

如若四人联手，

可让四季倒转，日月颤抖，

能将一大门派百年的基业一夜化为乌有。

可他们今天面对的是当今武林第一高峰——名剑，

百年一遇的奇才巅峰，

举手投足一统纷乱百年的江湖。

这样直面的碰撞，

这样直接的交锋，

会是怎样的结局？

名剑带着还未褪尽的喜悦

和眼角残留的笑纹，

死神般地收割了和这四人的距离，

冷冰冰地站在他们的跟前，

那侍立的四位老人消失在原地，

浮现在不远的四周飘忽不定，

殿内的烛火也不再摇曳，

怔怔地盯着这一切。

风也止住了呼吸，

轻轻地站在原地待命。

花晚楼微微一笑：

"你无非是凭借流水神剑之威,恬占武林第一,

如今千方百计求得落花琴谱,更是你不自信的证明。"

"哦？……"名剑这长长的尾音拖出了滴血的愤怒。

"你若不用流水神剑,或不能赢过这位白衣。"花晚楼
  转身望向白衣,

白衣一动不动,

但一丝轻蔑和不屑的马脚有意无意地暴露,

撩拨着名剑最后的理性。

"若是我用了流水剑呢?"

强压愤怒下的戏谑充满了名剑的口气。

"你即使人仗剑势,也不敌我联手白衣!"

这种鄙夷任谁都无法喘息。

"哈哈哈,哈哈哈哈……好好好,好好好,很好!"

熔岩冷却了愤怒? 还是火山可以用来蒸煮?

"你二人联手,我只用普通长剑,我若赢,留下命!"

名剑袍发无风自鼓，

浑身的剑气凌厉地割碎四周的空间，

吞噬着鲜活的生气，

奈何他本身已是一把尚方宝剑。

"你若输，该当如何?"花晚楼还是微微一笑。

"哈哈哈……我输? 好，我若输，你来定!"

"你若输，我拿走流水剑!"

"好，一言为定!"

"一言为定!"

第十九章
激 战

明月隐没入云朵，

瑟瑟发抖。

星斗也惊恐地闭上了眼睛，

默默祈祷。

只有群山壮着胆子，

踮着脚尖偷看着这大殿。

黑暗不怀好意地趴满四周，

等待着好戏的上演。

黑袍的名剑横起一把苍白的剑，

剑光吞吐，

映照他那苍白的脸和苍白的手，

和死神一样空洞的苍白的眼。

白衣双手紧握起宝剑，

犹如握起了山岳，

稳重而吃力。

发如雪，衣如雪，血如雪，

分明是一朵白色的火焰，

冰冷底下涌动着热烈的鲜血。

花晚楼脸上出奇地没有了那抹微笑，

向来紧闭的双目也睁出了一道缝隙，

双手捧着那张沉重的玄铁古琴，

似托举着乾坤旧梦，

欲弹还休。

突然，

一声龙吟般的剑啸拔地而起，

剑随人起，人随剑行，

看不见人，看不见剑，

人即是剑，剑即是人，

名剑闪烁，直取性命。

这里

白衣翻滚，

剑花飞舞，银白的匹练翻飞缠绕，

骤雨里舞得密不透风，

黑夜里刺得不露痕迹，

剑光爆闪，能击落星辰无数，

剑华坠落,会引起流星赶集。

那边

琴音骤起,唤得来百战罗汉,

十面埋伏,请得动天外飞仙,

轻音里勾魂,

尖响中刺魄,

哪还有黄昏或者天明,

管他是天罡还是地煞。

三人战在一处,转瞬已是上百回合,

甫即又离,照面又过数十个招。

说时迟,那时快,

白衣欺近,斜里一刺快若奔雷流星,

黑袍冷笑,轻巧格挡不费毫力,

谁知白衣跟前抽出剑里剑,

只在寸间发劲再刺一出,

名剑大惊,左支右绌,

技在分毫里变新招,

哪里晓,

骤风起来就是急雨,

花晚楼的玄铁重琴呼啸着尖锐来包抄，

黑袍冷哼，升起莫名的挑战兴奋，

抖擞精神抬起剑鞘迎击，

金石相撞，

溅起火花四射滚烫了大地，

怎知刹那间，

古琴七根弦离散暴射，

锁定名剑周身要害，

发起那索命无常，

七处处处攻至黑袍必救处，

名剑

连发剑招招招变幻无穷里，

接连在空中暴退数十丈，

终还是穷尽招数抵御着突然的变故，

窒息淹没了来不及的喘息，

强弩之末逼尽了应急的招数，

名剑的身体离奇，

挑战的兴奋要升腾到至极，

可兴起暗喜的电流尚未传到心胸，

一个厚重的黑色阴影袭击到了眼前，

被动下横起手中白剑强行抵挡，

那怎敌玄铁的宝琴，

剑身连折几节，

琴锋未减，

直取黑袍悬挂的心口而去，

名剑欲再退，

可后墙宣告了零距离，

终究甩不开如影随形的大琴，

琴影在瞳孔中极速放大，

情急处，

伸手吸拿座上宝剑，

顿时流光溢彩照耀大殿，

铿锵大作，金属齐鸣，

声响处，

古琴琴身断裂，

流水神剑熠熠生辉，

睥睨一切。

"你输了！"花晚楼闭上了那双盲目，淡淡地说。

"你们使诈，连出暗器！"名剑愤懑不平。

一众豪杰许久才回神,偷偷舒了口大气,

几息之后,哗然声四起。

窃窃私语。

无非是名剑的名过其实辩驳着花晚楼们的投机

   取巧,

公是公,婆亦是婆,

皇皇大会一片嘈杂,

赫赫武威乱七八糟。

名剑冷冷地立在原地,

看着花晚楼四人缓缓地走出大殿,

终究是没有下令出手,

碍于情面?或囿于四人联手?还是这些都非所求?

"今日你不予,他日我来取!"

殿外传来花晚楼远去的声音,

在群山间回荡。

第二十章
混乱与安静

远远的回响终于沉没，

大殿的嘈杂突然安静，

时间在面面相觑中暂停。

"诸位请入座，开席！"还是那个苍老的声音，

回答的依然是沉寂，

但沉寂最后被烦躁打破，

耐心终也会被时间消磨：

"名剑庄主技不压人，又未践赌约，我青城派不敢

　入盟！"

这个声音刚刚落下，

那道鲜血已经升起，

青城派的掌门无为道人

低头看着从背后贯胸而出的剑，

摇了摇一头的无奈和叹息，

闭上不甘的双眼倒将下去，

暴露了站在他身后持剑的大弟子，

怔怔地立在那里，

可兴奋已雀跃他心底。

"玄阴小儿，你干的好事？"

峨眉的落英师太手把拂尘刺出了无数愤怒，

直奔玄阴子的命门，

哪知道斜刺里一刀横扫，

万马奔腾来的呼啸，

逼得师太紧急收招，

待回神定睛，

太湖西山洞主马无天大喇喇地看着她。

终于，

所有暂停的时间开始转动，

冥冥中若有所顿悟，

不自主地运气提神戒备全身，

愤懑而恼怒地环视着自己的弟子与同门，

阴冷又辛辣地怀疑着身前身后的同道人，

恼怒忿恚着怀疑，

本能抽打着理智，

寂静还是枯萎成窒息，

沉默演化成深深的疑虑。

另一个苍老的咳嗽声尖锐升起，

像是地狱传来的哭泣，

顿时大殿内，

金刀横枪，剑刺棍起，

人声嘶喊，金属铿锵，

把剑刺入师父胸中的悲愤被兴奋淹没，

偷袭对手的成功被另一个偷袭所打破，

谁是那噤若寒蝉的蝉？

谁是螳螂高处的黄雀？

谁又是那苍鹰背后的弓弩？

无人知晓制造了天昏地暗，

处处怀疑喧嚣了你死我活，

鲜血与诅咒齐飞，

性命和背叛共舞。

而在大殿外，

成千人影密密麻麻，

强弩排排列列，

围住了万丈大殿的出路，

射杀死冲到门口的所有退出，

今晚，

江湖的大戏一直要演到穷途末路，

方准落幕！

在一间密室里，

四方的墙壁结实得足以保守秘密，

闪亮的灯火检查过每一口空气，

这里只有两人相对而坐，

中间招摇着一桌精美简单的酒菜，

"感谢慕容庄主千里献谱的美意！"

"宝剑赠英雄，天下间只有盟主配得起这落花流
　　水剑！"

殷勤的笑容堆满了僵硬的面孔，

"况且我只是顺遂天意，举手之劳罢了！"

"慕容兄的美意我岂会不知?"灿烂的虚伪里滋生了
　　一丝真意，

"你为此牺牲令爱深入虎穴，更为此付出左膀右臂的
　　十八铁骑，此番深情厚谊，我不敢相轻！"

"名剑兄乃当世第一豪杰,能有机会为名剑兄出力,

成人之美,我在所不惜!"这番正色恭维道。

"多谢慕容兄的抬爱,请!"

名剑拱手,举杯敬慕容。

没有片刻迟疑,

慕容一声"请!"

早已倒好的那杯酒一饮而尽!

第二十一章
密　谋

"好！兄弟真是爽快！"名剑大声叫好，

"兄弟有何事，敝庄可以相助？"

"我只有一字相托。"慕容深沉地笑道，

浑身紧绷地看着名剑的双眸，

不放过丝毫信息的捕捉。

"哦？"名剑故作惊讶的虚假，

"容我猜来，你我二人将此字写于手心，

再一同相看，看我兄弟二人是否心意相通，可好？"

"好！"

二人各自蘸酒在手心上书写那字，

通明的灯火在等待，

沉默的石壁也在翘首，

一位是慕容，江湖皆知的秘密如今要揭开，

一位是名剑，武林远离的祸事这时会决断，

那个简单笔画的字缠绕了千丝万缕的过去，

这次平凡的书写又要搅动数十年的风云，

谁也无法重复过去，

谁也无法无视将来，

来来来，就在现在把谜底揭开，

两个手握半壁乾坤的手掌展开，

那当中水汪汪明晃晃的分明是两个"反"字。

两人相互凝视了很久很久，

然后默默地斟满酒盅，

两位豪杰颤巍巍地举起那杯盏，

那里面有五岳山川，

那里面有天下百姓，

那里面有几十万人的性命，

那里面有数十年涌动的热血，

那里面就端着日月乾坤，

如今轻轻地碰在一起，

注定惊动未来的天地。

干——杯！

"当今皇室昏聩无能，民不聊生，

此朝太祖，更是靠欺世背义，篡夺江山，

慕容兄贵为燕国皇族后裔，

早应高举义旗，光复大燕！

还江山以颜色，还天下以清白！"

名剑振振有词地滔滔不绝，

打开了慕容脸上数十年密布的阴沉，

拨云见日的笑容逐渐灿烂起来。

"名剑兄大义，我钦佩不已，

奈何我才智疏浅，空有热血，

纵是身负亡国灭族的血海深仇，

可多年来却不能慷慨报复，心中万分惭愧！"

"慕容兄谦虚了，

我知你遗命于烽火，逃亡于江湖，

但在短短几十年间，卧薪尝胆，励精图治，

打下了如今震动天下的基业，足见慕容兄是经天纬
　　地的大才。"

"兄弟谬赞。实不相瞒，

就算事到如今，我也还是势单力薄，

所以才不舍性命,希望能与兄弟谋面,相求助我一臂
　　之力。"

名剑拱手向天:

"我祖上三代,皆深宠于大梁皇帝,

恩重大于泰山,兄是大燕皇族后裔,

如若高举义旗反陈,我愿相助全力,以报陈亡梁

　　之仇。"

"今有兄弟此言,我何愁大事不成,

我此番回去即刻举旗,望兄弟助我。

待他日大功告成,兄弟即为万人之上的国师,

不但能重振武林,更可铸万世不朽的丰碑。"

两人相视大笑,豪气地咬指滴血酒盅,

再饮而尽,从此为血盟。

这厢两人并坐一处,

撒下酒馔,

在眼前摆下山河地图。

第二十二章
谜团的一角

"兄长,我有一事未明,不知当讲不当讲?"

"尽管问!"慕容这会儿的心情如大江入海很是畅快。

"为何你为送谱搭上十八铁骑的性命? 那可是兄长
的心头肉,是五万骑兵的精魂啊!"

"我早知你会有此一问,实不相瞒,

鱼饵放的小了,大鱼是不会上钩的。

如若不相信那路护送的就是真谱,

我就不可能轻松上山来。

十八铁骑的覆没,我确实很心痛,

但不是在这次被银甲卫扑杀的时候,

而是之前。"

"莫非……?"名剑若有所悟。

"是的,在数月之前,

我收到可靠密报,

说十八铁骑很可能已经被策反,

成了那流亡海外北越国的暗桩。

由于事关重大,虽无法完全确认,

但时值举旗关键时刻,

我宁可错杀,不可放过。"

"所以兄长是借刀杀人!"

名剑暗忖这慕容擎天气量也是太过狭小,如此多疑
　　心狠,

不自觉火热的心被吹凉了一半,

温暖的背脊也抽出丝丝的凉意。

"是的。一来借刀杀人,二来确保我安全上山,三来
　　以此来试探一下花老。"

"花老?!"名剑震惊了,

"花老当年舍命救你出大祸,都传说待你如子,一心
　　辅佐,你怎会怀疑上他?"

一股莫名的不平升腾起愤怒,

在胸中滔滔翻滚,

在眼后汹涌鄙夷。

名剑一族武功盖世,

但素来深以义气为然,

知恩图报是举族的族规，

睚眦负义乃遗传的家风，

也正因如此的血脉

才煽动了其响应举旗的冒险，

是以报前朝大梁数世的恩宠和知遇。

"唉!

我知道这样猜疑花老不应该，

没有他我早已命丧幼年，

可消息说策反暗桩这十八人的就是他，

我不得不防啊,何况他也姓花!"

"就凭这样一个还没有完全确认的消息?"

名剑的心迅速地下沉，

强按下去汹涌的不齿和愤怒，

不想慕容此人心底阴暗如此。

"那后来如何?"名剑淡淡地问道。

"应该不是! 因为此局是花老帮我运筹设计的。"

其实慕容心中还有一个怀疑是不是在弃车保帅，

但如此牵强附会也让他暗自无脸再深思。

名剑在寂静里默不作声，

在沉默中心情复杂。

本以为皇室后裔，

定当胸怀宽广，

光明磊落，

一个英雄人物，

如今怎知……

"不过兄弟放心，我对你是百分之百地信任，

更何况我若无你相助，大功难成。"

慕容觉察到了名剑的沉默，连忙解释道。

但那解释的信任好似水中苍白的月色，

风平浪静时一轮皓月明亮无比，

却一丝微风就能让疑虑起万圈的波澜。

"兄长，既然你已准备多时，

想来该有万全之策吧！"

名剑没有搭腔地直接问道。

"我号称拥有铁骑五万，但实际是十万！

我训练完成并隐没起来，

很快可以武装的步卒还有四十万。"

慕容擎天怀着自豪的情绪讲述着这些，

的确，

这是一支足以令他自豪

令人生畏的庞大力量。

莫说普通势力，

即便是当今皇族，

步卒不过八十万，

骑兵也不过十万。

这就是他如今江湖皆知要反的理由，

这就是他无法再不动声色的原因，

无论他的反风是否颤动，

也无论他的反叶是否被动，

如此庞大的力量已无法让皇室安枕，

也无法让天下相信他没有反举心动，

何况，本就胸怀热血，

又是前朝皇室的宗族。

"从今天大殿内的情况看，

吾弟应该早已掌握了江湖各大门派势力吧！"

慕容转头看着名剑，意味深长地笑着。

"兄长果然明察秋毫。

这二十年来，

我已基本掌握了当今江湖各大门派洞山，

要么已经被我剿灭，

要么掌门已是我的人，

最不济，

门派中的重要弟子是我的暗桩。

我想经过今晚，

这些'最不济'应该也不复存在了!"

名剑隔着厚厚的石壁看向大殿的方向，

嘴角勾起阴狠的得意。

第二十三章
起 兵

慕容山庄下，

群峰肃穆，白云驻足，

蓝天高远而辽阔，

精神抖擞。

天空下，

旌旗遮云蔽日，

在山岚中呼啦啦地欢歌，

龙虎们虎啸龙吟，

在大旗里跃出跃进，

金甲灿烂，烈日高悬，

散发着灼热苍白的光，

加热了一腔腔热血，

等待沸腾的宣言。

长枪麻麻密密，

铁戟列列排排，

渗出生冷的杀气暴射天宇，

军马上的铁骑满怀自豪，跃跃欲试，

战车上的神兵充满骄傲，睥睨一切，

站在大地的英勇士兵们，

紧张而兴奋，热血偾张，

在光天化日里为生死下注，

押上了今生和九族，

赌博一场荣华富贵光宗耀祖。

漫山遍野的黄花在风中招摇，

漫山遍野的大军在山中肃穆，

等待命运的转盘转动乾坤风水，

等待一声令下赢取来世今生。

慕容擎天一身黄金战甲，

迈着铿锵的步伐走上点将台，

望了望一望无际的大军，

又抬头望了望万里晴空，

一股剧烈的激动倏忽升腾，

把热血在颤抖中燃烧起来，

多少年的夙愿如今就要去实现，

多少个日夜未眠就为等待这样一天，

不成功，便成仁！

光复大燕的不朽传奇，

要踏着兵败山倒的深渊冒险前行，

大功告成的璀璨丰碑，

要用几十万将士的鲜血淋漓铸就，

生死只是一念之间，

鸡犬升天和九族伏诛只一墙之隔。

但一世的人生不过草木的一个春秋，

想想万里江山怎能不豪情万丈：

"今天，我们将高举义旗，反陈复燕！

这是一条不可回头的命运征途，

我们要么战胜敌人，实现梦想，

让命运在成功的照耀下辉煌灿烂，

我们要么功败垂成，引颈就戮，

让灵魂在鞭挞的诅咒里无法轮回。

我们只能从绝望之山中开采希望之石，

我们只能从晦霉之土里栽种幸运之树，

我们没有任何退路!

当然,如果今天,如果现在,

你们选择放下武器,

你们选择回家,

我将不会斥责你们,

因为那是你们与生俱来的自由和权利。

……"

第二十四章
誓师宣言

"……

可你们家在何处？

你们能回到哪里的家？

你们曾经或是一个流浪汉，

是我给了你们饱食和归宿；

你们曾经或是一个奴隶，

是我给了你们尊严和自由；

你们曾经或是一个身负血债的逃亡者，

是我给了你们安全和庇护；

你们曾经或是一个被残酷现实捏碎梦想的失败者，

是我给了你们新的希望和梦想。

你们的家不在别的地方，

你们的家就在这里，

这里都是你们的兄弟姐妹，

我们就是你们的亲人。

如今，

我们为什么拿起武器？

是因为如果你放下武器，

你就会继续流离失所，被官兵捕杀冒功；

是因为如果你放下武器，

你就会做回奴隶，没有自由，任人奴役；

是因为如果你放下武器，

你就会立刻被抓捕，偿还你欠下的血债，

尽管那都不是你的错；

是因为如果你放下武器，

你就会继续在绝望中沉沦，在痛苦中挣扎，

这世界的花红柳绿荣华富贵与你无关；

是因为如果你放下武器，

你就会如一粒尘埃被遗忘并冠以懦夫的称号，默默

　　无闻，

你将会没有地位，

没有自由，

没有土地，

一无所有还不行，

还得去死。

所以你没有退路，

拿起武器是你唯一的生路。

而我，

我有选择吗？

是的，我有。

我拥有财富无数，我拥有至高地位，

我拥有人间一切荣华富贵，我什么都有！

但，我选择了你们，

我选择了庇护你们，

我选择了帮助你们，

我选择了爱你们，

从此，

我就成了这个王朝——你们的敌人的

眼中钉、肉中刺，

必被先除之而后快，

因为只要杀了我解散了我们的组织，

他们就可以轻而易举地扑杀你们，

一个都不会留。

所以，如今，

我也无路可逃。

拿起武器和你们站在一起，

是我唯一的生路。

既然如此，

今天，就让我们同生共死！

但我从没因死亡而惧怕，

反而因希望而兴奋，

因为只要齐心协力，

我们就可以一起开天辟地，

那将是属于我们自己的天地，

那将是由我们自己主宰的天地，

在那里，你们都是自由的，自由地呼吸，自由地做梦，

　　自由自在，

在那里，你们将有很多的土地，有很大的宅子，可以

　　娶很多漂亮的妻妾，生育很多的儿女，

在那里，你们可以成就自己的功名，按照自己的信念

　　和理想管理国家，福泽天下，留名青史。

从今天起，

我们每占领一寸土地，

我们的天地就开阔了一寸，

我们每占领一个城池，

我们的天地就多了一方城池，

我们每前进一步，

我们就离那个梦想的天地近了一步，

前进吧！勇士们！

前进吧！兄弟们！

前进吧！我们就是自己的主宰，自己的神！"

慕容擎天在天下寂静竖耳聆听的时候，

突然停了下来，过了一会儿，

在一片焦急的等待中才开腔：

"当然，到今天，

我已经完成了庇护你们，

给你们重生、理想的使命，

接下来你们可以推举更合适的人，

带领你们大家夺取最后胜利。"

旷野的人群一片惊疑，

冷不丁的转折让滚热的头脑稍微滞塞，

但沸腾的热血转瞬冲毁了迟疑和思考，

爆发出振聋发聩的山呼：

"吾王万岁，我等愿誓死追随！"

慕容擎天笑如朗月。

"无自由，吾宁死！夺天下，分田地！"

慕容振臂高呼，

山呼海啸的应和：

"无自由，吾宁死！夺天下，分田地！"

"夺天下，分田地！"

……

"夺天下，分田地！"

"夺天下，分田地！"

……

山谷的声浪直冲云霄，

一浪高过一浪从山顶席卷而下，

越过茫茫江湖，

传遍大江南北，

当然也传到了大陈的深宫内苑……

第二十五章
讨窃国贼者檄

深宫内苑的灯火通明，

庄严巍峨层层叠叠的殿宇都在沉默，

金銮殿的金碧辉煌此刻也郁郁寡欢，

失去了往日的华彩，

屋顶那个栩栩如生的盘龙，

朝下露出忧郁的眼神，

陈文登和大司马盘膝在茶几的两端，

桌上的一页黄纸在偶尔吹来的夜风中一动不动，

借着灯光可以瞥见那上面埋伏着的

"讨窃国贼者檄"几个充满愤恨的大字

和黑压压一群指证的小字：

"当今陈室，窃国之贼！

建国老贼，宠于梁帝，

位极人臣，无以复加。

是年秋冬，北胡犯境，

烧杀抢掠，无恶不作，
重重村庄，尸骨沿途，
惶惶城镇，乌鸦坐堂。
梁帝震怒，发兵护国，
印绶老贼，护国将军，
举国精兵，托将其领。
老贼不忠，狼子野心，
背信弃义，卖国投敌，
割取幽云，一十六州，
换胡承诺，助纣为虐。
老贼不孝，调转兵锋，
狼奔而下，屠杀父老，
滥杀无辜，血可漂橹。
重围京都，久攻不下。
老贼无耻，假意欺骗，
指天发誓，若受禅位，
不伤皇族，不杀百姓。
梁帝仁德，为免屠戮，
听信谎言，洞开城门。
老贼无信，恣意屠城，

上至耄耋，下到黄口，

信手割头，鸡犬不留，

焚城七日，十室去九，

巍巍皇城，人间炼狱。

老贼无义，冲破宫城，

戮弑君上，奸杀后妃，

盗抢宝藏，火烧金殿。

遑论君王，不谈将相，

即使流丐，走卒贩夫，

未见如此，不以为耻，

堂而皇之，以此为荣。

下属将卒，耻与为列，

军心动摇，差以哗变，

为抚军心，假意答应，

践诺前言，屠刀暂停，

流放皇族，迁徙百姓，

但即转头，暗置杀手，

沿途追杀，赶尽杀绝。

老贼无信，无耻无义，

卑鄙至极，下流至极，

泱泱历史,闻所未闻,

浩渺乾坤,见所未见。

我为慕容,当年小儿,

亡国灭族,血海深仇,

忝为皇胄,人保天佑,

逃命烽火,苟活至今,

诚然不敢,因己私仇,

轻动干戈,涂炭生灵。

老贼淫崩,传位新贼,

新贼残暴,过之不及,

斗鸡走狗,荒淫奢靡,

鱼肉百姓,民不聊生,

钳民口腹,道路以目,

宫城肉臭,乡野饿殍。

堂堂慕容,皇族血脉,

能隐私仇,难忍公恨,

今举大旗,挺身而出,

追讨老贼,诛杀新贼,

救民水火,还民土地,

为民安居,予民乐业。

苍天已死,黄天当立,

天下豪杰,随我杀獠,

清明江山,荡涤乾坤,

金碧辉煌,与君共襄!"

"狂妄至极,一派胡言!"

陈文登即使读过此文不下百遍,

怒火焚烧过三夜三天,

但看着桌上翕合张动的纸张,

依然是怒火中烧,

难以自已。

"大司马,此獠已反,我们该当如何?"

"按部就班,不疾不徐!"

大司马淡淡地答道,

在古井无波的眼眸里,

隐藏着早已定下的计谋。

"为何要这般谨慎?

凭我大陈现在的精兵强将,

不出半月即可让他们土崩瓦解,

司马太过迂腐。"

这个大陈皇帝有点郁郁。

"陛下少安毋躁,

他既准备多年,

不可能就是明面上的招数,

我们还得看清才好下药。"

"哦?那就姑且依你所言,

按原计划行事。"

陈文登又恨恨地盯了那檄文一眼。

第二十六章
狼烟四起

皇帝正襟危坐于皇权之上，

拂袖间生杀万里江山，

高旷的金銮殿金碧辉煌，

护殿的金甲勇士威武雄壮，

锦绣华服的文武百官垂手肃立

在宽敞的两旁，

正午的阳光从殿外偷窥，

天天看着天下的热闹。

皇帝的嘴角不时荡漾起微笑，

春意盎然，

回味与那些新秀美女的昨夜酣战，

意味深长。

文武大臣披星戴月上朝，

皇帝却树起了晌午的艳阳高照，

近如雪片的八百里快报，

煎熬着焦急嗞嗞作响。

"有事启奏，无事退朝！"

宣殿官机械地唱道，

众臣在面面相觑里迟疑，

偷瞟着宝座上心猿意马的皇帝，

不知从何说起。

大司马干咳了一声，

赶出个吏部主事启奏上前：

"启奏陛下，

扬州知府前夜被杀于府衙，

首级是夜在大门上高挂，

举城惊恐，人心惶惶。"

皇帝大惊，

"如此胆大包天？查出是何人所为？"

"基本查明，应是长江盐帮所为！"

皇帝大怒，

"速速缉拿凶手，违者格杀勿论！"

"遵旨！但微臣有一事相求。"

"爱卿请讲。"

"盐帮在江南势大，徒众甚多，

臣恐扬州一府官丁不足以拿凶，

"恳请陛下准许调动周边府郡一并缉查。"

"准奏!"皇帝爽快批准。

"有事启奏……"

"臣有事禀奏!"刑部的官儿急忙打断宣殿官的唱词,

"快说!"皇帝急道。

"陛下,七日前江西大狱被破,

牢卒全部被杀,一万多刑犯全部逃出!"

"啊?可查出原由?"皇帝震惊。

"未拿住凶手,

但牢狱大墙上被用鲜血泼写了

'夺天下,分田地'六个逆反大字。"

"胆大妄为,这是造反,明目张胆的造反!"

皇帝巨怒,拍案而起,

"限你部三日之内破案,

要将反贼枭首示众,诛杀九族! 否则你等提头
　来见。"

"遵旨! 微臣几可断定,在江西境内能够突然攻破如
　此大牢,

非鄱阳湖上的水匪洞主断不可为,

臣请陛下即刻发兵围剿!"

"那就请兵部发兵五千，

配合你部官丁一同征剿，

务必要速速破匪，烧绝洞派！"

皇帝不耐烦道。

"陛下，户部在苏州、湖州和徐州的屯粮府库

日前同时被洗劫，

所有粮草被焚毁一空，

官兵死伤惨重。"

皇帝双目通红，

用冷到极点的声音问道：

"你告诉我，屯粮府库守备森严，

官兵不下一千，

是何种势力能攻破焚毁，

而且同时举事？

你告诉我，告诉我，告诉我！"

愤怒已经沸腾，

理智开始消退，

文武大臣噤若寒蝉，

生怕在没由来间丢了性命，

"微臣……微臣，已查出。"

户部的主事战战兢兢地答道。

"好！好！好！你说是谁干的？"

皇帝在金台上来回踱步，

一步一个愤怒。

"苏州府库是太湖西山洞主联合蝙蝠洞、仙人岛和灵
　　山派合力而为；

湖州乃是漕帮一力所为；

徐州是彭城派勾结山东的螳螂拳派、八卦门和海上
　　盗匪所为。"

大司马微不可察地冷哼了一下，

皇帝终于若有所思起来。

"微臣有事启奏……"

"微臣有事启奏……"

"微臣也有事启奏……"

……

众臣争先恐后，

喧嚣尘起，抽干了金銮殿的空气，

义愤填膺，众臣扮演着形形色色，

杀州府、劫牢狱、烧屯粮、抢兵库，

杀官丁、分官田、散官银、赶官逃。

江河两岸明晃晃刀光剑影，

四处城郭黑压压狼烟四起，

左边发兵五千哗啦啦去江上追杀，

右处派兵一万气汹汹来山里围剿，

南方五郡各增五千兵力，

西边三城还要一万官丁，

北境千里边关分散了三万步卒，

东边帝都金陵加派一万守护。

一月里，乾坤四处放火，

烧得千疮百孔，

十日来，皇家左支右绌，

显得捉襟见肘。

名剑山庄的内室，

烛火摇曳不定，

飞鸽传书在他手中，

安静地呼吸，

名剑反复咀嚼着其中的意味，

"……

为兄举兵以来，

仗吾弟大能，

四海点火，江山燎烧。

杀官贼，

举国官僚惴惴不安，诚惶诚恐；

烧屯粮，

绝多官兵怨声载道，士气低落；

破大牢，

四处州官如坐针毡，东奔西走。

新贼防不胜防，

分散发兵，四处扑火，

左支右绌，疲于奔命。

兄心甚感激，

今吾领大军势如破竹，

三战三捷，攻下城池十余座，

特分享与弟，

你我兄弟齐心，其利断金！

……"

第二十七章
大战前夕

血阳西下，

残照染红了半边天，

空气里还残留着远方飘来的血腥，

逗留着还没消散的战死忠魂，

一尊伟岸的背影负手而立，

升华的气势顶立天地，

刚刚过去的战役，

残忍中侥幸过关去，

血腥里赢取了胜利。

那是势均力敌的对峙，

筋疲力尽的将士，

在渴望破城的进攻中，

一次次功亏在最后一米。

城内的守军，

死命抓住地狱入口的稻草，

等待援军的续命；

攻城的兵将，

在不断的失败里气馁，

在被坚决地反击中低落了士气。

不断传来的大陈援军消息，

扰乱了帷幄的运筹，

打断了军心的齐力，

难以想象的里应外合，

将是一场进攻噩梦的灭顶。

然而惊梦被那道身影给唤醒，

狂澜是那副手臂抚平，

那一道声色不动如山的身影，

带来无数的安心和激动不已。

再加五万铁骑的从天而降，

携风雷挟电闪冲杀阵前，

生力的奔杀带动疲惫的命运，

最后一米的距离被五万铁蹄踏平，

还惊退了援军疲于奔命，

攻城略地，饕餮畅饮，

大燕取得了艰苦酣畅的胜利。

"主公,你在看哪里?"花老静静地走近。

"看寿城!"慕容叹道。

"寿城西户于帝都金陵,

相距不过百里,

攻下寿城兵锋的寒气,

可让金陵瑟瑟发抖。

大功在望,

主公何以叹息?"

"我总有点莫名的不安。"

慕容坦言道。

"有何不安?

我们举事以来,

势如破竹数十战赢得轻松,

大战五次摧枯拉朽出神奇,

第六战的惊险最终也幻化为夷。"

花老连珠般吐出串串得意。

"你可知我们走了多少里?"

慕容没有回头继续问。

"搏杀数十仗，奔突已有千里！"花老说。

"如今占领了多少城池？"慕容深深皱下眉头。

"城实不多！

你是怀疑大陈有意示弱，

让出了这条大通道？"

花老惊道。

顺利滋生了可疑：

奔突的远距拉长了补给，

不宽的通道被做成了大局，

他日截断归途，

要么在前进中决战，

要么在漂泊中灭亡！

"新贼难道是想我们并作一处，

决一死战？"

慕容又问一句，又似问自己。

"新贼不足为虑，

但他那位大司马

谋略深邃可穿古越今，

智计无双能算神骗鬼，

不得不防啊！"

花老的顾虑也躁动起来。

"马上传令下去，

尽快攻打沿途县郡，

切记步步为营，

加紧屯粮备草以备不时之需。

同时飞鸽传书名剑山庄，

请他们调动武林门派，

协助我部攻打控制沿途县府。"

慕容身后不远的传令官

飞快地消逝。

"犹豫替代不了决心，

迟疑解决不了问题，

寿城之战是雌雄的决一，

哪怕通天的口袋包得了我们的性命，

也撑不住我们冲天的豪气。"

慕容一襟晚照豪言。

花老微微颔首地笑，
寿城之战将
日月惊悚，
星汉嗟叹！
是，
第七战！！！

第二十八章
第七战(上)硬撼

太阳初升,

打扫着黑夜的战场,

光影渐次从山谷掠过,

铺陈在荒莽的山野之中,

映出明亮的鲜红。

大雾尚未消散,

冷冷地笼罩着这一切,

从地底深处蔓延出来的寂静,

屏住呼吸。

终于,

一个沉重的脚步声,

穿过浓雾从深处传出,

踏碎了这片寂静,

接着是两个,三个,十个,百个……万个,几十万个

脚步声整齐划一，

如晴天惊雷轰隆隆地传出，

伴随巨大隆重的号角声，

拉开了大战序幕，

燕军出动了！

战旗招展，迎风猎猎，

燕军摆出了大尖刀阵型，

前锋是三千辆呈雁形排列的战车阵，

五万战车兵站在车上，

雄赳赳气昂昂，

是为尖刃。

紧随其后的是中央步兵军团，

三十万的钢铁洪流，

是为尖刀之身。

两翼各五万骑兵，

战马啾啾嘶鸣，

是为边刃。

总共四十五万大军，

玄衣黑甲，

浩浩荡荡地排开阵势，

像极一柄黑色的灭世巨剑，

一往直前。

一声嘹亮的紧急号角，

与之对垒的陈军随之出动，

火红的战袍,金色的铠甲,

犹如一颗巨大熔岩坠落大地，

摄人心魄。

陈军呈三叉戟形战阵，

中路骑兵五万，

两翼骑兵各五万，

三把戟叉热血沸腾，

左军二十万，

右军二十万，

共计五十五万大军，

席卷这荒莽山野，

吞吐着炽热战意。

骤然间，

陈军金鼓大振，

纛旗舞动，

中路骑兵率先出动，

像一根红色的巨矛射向燕军大阵。

这边燕军凄厉的号角震动山谷，

帅旗一挥，

中军前锋战车催动，

带动着车轴上的绞刀滚滚开去，

迎击而上。

帅旗再一挥，

燕军两翼骑兵呼啸出击，

策应奔驰的战车军团，

这样尖刀阵的三边刀刃全部飞出，

中军黑色重甲步军团，

气势高涨，昂首阔步，

每跨三步，大喊一声"杀"，

杀声震颤天宇，

像平地生起的黑色洋流向对面席卷过去。

陈军里，

金鼓声更急、更盛，

两翼骑兵迅速迎击，

卷起遮天的尘土，

迎面对冲燕军两翼，

左军和右军的步兵军团，

山岳城墙般加速推进，

轰隆隆地进逼，

三股骑兵状若三叉铁戟快速冲刺，

对面三边的尖刀利刃也全力迎击，

两百步，一百步，五十步……

终于两军骑兵排山倒海地冲撞在一起。

天地颤抖，

有隆隆雷声响彻山谷，

似万顷怒涛拍击群山，

长剑与金甲铿锵，

弯刀和玄铠鸣响。

一边是尊荣享贵的皇家骑兵，

那种睥睨一切的骄傲

与生俱来，

誓要踏破天下一切反抗与不满，

哪怕是一丝。

一边是名扬天下的嗜血铁骑，

生命中唯有服从和杀戮，

屠杀对手战胜敌人是唯一的信仰，

绝对不容置疑。

金属的碰击，

血肉的较量，

狰狞的面孔，

通红的双目，

只有不死不休。

燕军正中的战车阵

和陈军中路骑兵硬撼在一起，

铁骑扬刀跃马，

杀了车兵个措手不及，

车仰马翻。

但两侧的战车长驱直入，

车轴的绞刀在朝霞下翻滚转动，

冲入了步军的人群，

像秋日下收割田野的庄稼，

尸体成片地倒伏，

血沫飞舞，

把太阳染得更红。

车兵长枪四处出刺，

刺得死伤无数，

但终也陷入四十万步军的沼泽，

胶着在厮杀里嘶吼。

不远处，

黑压压的三步一喊的"杀"声

渐渐逼近，

黑色的铁流

不断向红色的熔岩涌来，

要吞噬一切色彩。

见状，

四十万的金甲红兵抖擞精神，

彻底淹没过陷落的战车阵，

冲杀迎了过去，

黑色的"杀"声一声快似一声，

杀——杀杀！杀杀杀！

踏响地狱的脚步声步步紧逼，

最后，最后，最后，

终于一阵拖长嘶喊的"杀——"

冲杀冲撞在一起，

红与黑遮蔽了大地，

相互吞噬，

嘶吼声撕裂了天宇，

碎裂了空间，

山河颤抖于铁汉的撞击，

天地晦暗在狰狞的嚎叫，

弥漫的烟土，

浓烈的血腥，

性命如草芥在倒伏，

意志在疯狂中打上了死结……

第二十九章
第七战（下）底牌齐出

慕容擎天凭高望远，

世界昏天黑地，

犹如地狱的大门被打开，

魂魄在咆哮凄凄厉厉，

无常在狂欢黑白不明，

黑色洋流苦苦抵御，

红色的熔岩，

在高温下开始丝丝蒸发，

隐隐吃力。

"主公，我步军吃紧，

陈军中路步军多我十万之众，

我虽有战车兵冲击之利，

但不足以消弭差距。"

燕军大将急急禀报，

慕容看在眼里，

如何又能不知?

但只是回首:

"少文,

你带后备五万步军,

全力出击,

围攻其前出的中路骑兵!"

少文将军疑惑道:

"目前我步军吃紧,

父王为何要围攻陈军中路骑兵?"

"你领命速去!

贻误战机,军法处置!"

慕容大声呵斥道。

五万步军如黑色恶浪迅速汹涌过去,

卷起震天的喊杀声拍向那红色的熔岩,

直围陈军中路骑兵而去,

这边在中路对阵骑兵吃亏的燕战车兵,

闻风大作,奋力合击,

黑色的铁流快速地侵蚀着

梁军三叉铁戟中间一极,

让炽热通红的铁戟渐渐变黑冷却。

陈军帅帐空气惊动，

转念生出结论，

慕容显然看穿了

陈军中路非久战骑兵，

实由步兵武装集训而来，

是紧绷脆弱的一环。

阵图在前方变幻，

副将在通盘算计：

慕容擎天前后投入，

骑兵十万，步车军三十五万，

上一场战斗透支其隐藏的五万骑兵，

最后五万步军现已全部出动，

这拨进攻算是孤注一掷。

这里算清谋定，

帅旗一挥，

金鼓声紧急再起，

人影涌动，风云翻滚。

慕容高处看见，

两条赤色的长蛇分扑两翼，

估算各有五万陈军。

慕容身后众将大惊，

陈军意图明显，

先陷两翼，

再迂回包抄中路，

一举围歼。

算来，

这陈室皇帝，

显然欲决战于寿城，

把所有兵力都压将过来，

当下共动用：

全部十万铁骑，

临时武装五万骑兵，

又前后分两拨，

共投入步军五十万，

目前共投派六十五万步骑大军，

浩浩荡荡，无与伦比。

此其一。

再深思，

北方边境即使战时，

最少要留二十万守军，

不可再少，否则

北胡可轻易击破，长驱直入，

加之前各州府造反放火，

已分派约五万兵力各去围剿，

如今看来，

陈朝皇室九十万步骑大军已全勤投入，

恐怕连金陵都城都已变得守备空虚，

真是倾巢出动。

慕容冷冷地看着军中的变化，

不动声色，未惊未喜，

仔细盘算，略显从容道：

"少武，少全，

你二人各领所部五万精骑，

分别全力冲杀敌左右步军！"

"是，父王！"

各五万精骑！！！

众将倒吸一口冷气，

本以为慕容已孤注一掷，

怎又杀出十万精骑？

这两支黑色的利剑应声而去，

川流不息。

骑兵本是燕国慕容一族长技，

这般生力军冲杀

那已厮杀半日的步兵，

犹如狼入羊群，

来回席卷，

本处劣势的燕军步兵也趁势大振，

冲击着陈军的阵脚

颤巍巍、战兢兢，

陈军中军似要崩溃。

陈国皇帝在帅帐内与大司马对视一眼，

忽然两人一起大笑，

打破了满帐刚刚升起的惊恐。

"看来大司马所料未错，

反贼狡诈，不止明面上的兵力，

上一场多出五万骑兵，

这场居然还能又多出十万，

为了造反真是用心良苦啊!"

大司马低眉浅笑,沉默不语。

皇帝接着对众将说道:

"朕早有安排,

与北周边境协定,

从边境守军抽调五万步军提前秘密赶回,

又从金陵城外大营调来五万守军。

传朕旨意,

在两翼各加五万步军,

加紧进攻,

务求在中军步兵被攻破之前击破反贼两翼,

包抄合击。"

看着又两支陈国步军,

源源不断汇入攻击,

燕两翼摇摇欲坠。

慕容并未吃惊,

只是冷哼一声。

"果然也是隐藏了实力啊!"花老在旁说。

"天晴的军团离金陵还有多远?"慕容侧身问。

"已抵太湖之滨，

前锋距金陵不到二百里，

三日内即可抵达金陵城下。"花老答道。

金陵如今防卫又调来寿城五万，

应该更为空虚，慕容思忖，

"传令：

命天晴率先锋精兵轻装先行，

务求在一日内抵达金陵城下，

大队人马暂舍辎重，

加快行军，

务必两日内汇聚城下，

全力攻城！"

"是！"传令官飞身下去。

第三十章
花家的算盘

"禀七子,已经点清,

兵甲三十八万具,

整整齐齐,熠熠生辉,

刀剑斧钺不胜其数,

磨刀霍霍,跃跃欲试。"

管家向花晚楼禀报道,

惊呼的冲动压抑着声音,

有些颤抖,

兴奋和激动在胸口争锋,

涨得满脸通红。

"果不其然啊!……"

花晚楼舒了口长长的感叹。

遥想当年,

陈天霸负义造反,

狼突南下,

层层围困了梁都，

异地的梁军在犹豫中勤王，

北越激战入侵的陈天霸贼，

梁都困兽濒死的抵抗，

各地勤王的步步进逼，

北越大军酣战正淋漓，

三方的力量左支右绌了反贼，

令他在顾此失彼中破绽百出，

时间的拖延能把他彻底击溃。

可就在此时，

却不知，

陈贼向梁朝施展了什么咒语？

固若金汤的梁都陷入了放弃，

匪夷所思的勤王军队

却易帜并作陈军一起，

成为压垮北越最后一根稻草。

北越算定回天无力，

计划先退居海岛，

留青山，待来日，

复国伺机。

在逃离海上之际，

无法全带走的金银财宝

埋藏一处，

带不走的全部兵甲军械

深埋一处，

两处宝藏从此陷入了沉睡，

静待他日风云惊醒，

扰动乾坤再一起。

北越踏上逃亡，

仓皇皇，海茫茫，

从脚踏实地到颠沛流离，

把如画江山输在梦里，

凄惨惨，气愤愤，

高高在上的皇帝，

在逃亡中被皇族背弃，

跌落下至尊的金台，

那是国破家亡的活该，

也是迫害花家罪魁的所在，

时过境迁，桑田沧海，

花家淌着北越皇族的血脉，
与流亡皇族，
在时间的变迁里达成妥协，
在血脉的共鸣里惺惺相惜，
共同复兴祖上无上荣耀。
花家寻得皇族指引的宝藏，
在江南经营复辟的生意，
加上当年从龙陈天霸有功，
故有陈室庇护不受监督，
一时间成为天下巨富。

兵械藏宝的那个人，
殒命在逼宫的风波中，
也掩落了埋宝的地点。
北越皇族只留下一个传说：
有一张藏宝图，
被藏于一把玄铁古琴里，
玄铁倔强，坚不可摧，
唯有一柄神剑，
无坚不摧，可破琴身。

当年，

为掩人耳目，

恳请北越越女剑传人，

在古琴上雕了一套神剑功法，

诞下落花琴谱流水剑的传说，

但世上只知功法神剑，

皆不知古琴心里的秘密。

花家踏破十年山水光阴，

终获落花古琴，

奈何流水剑已花落名家，

无可奈何武林奇人，

强拿敌不过智取。

这才有：

夕阳小楼丢谱易，

武林大会发难奇，

联手白衣客，

大战第一人，

最后借神剑，破天琴，

方到如今按图索甲兵。

步步离奇,处处玄机,

花晚楼嗟叹不已。

低头抚摸那已残破的古琴,

想起当年小楼夕阳下的红影,

面庞上浮泛起爱意和怜惜,

流出丝丝设计她的歉意。

"报!"

一声叫报声打断了他的思绪,

"老爷来信,请七子接晓。"

花晚楼摸读:

"七子,

今燕陈决战于寿城,

相持不下。

刚获知,

慕容另有一路十万兵骑,

自杭州湖州一线北上,

欲直捣陈都金陵,

先锋已过太湖,不日即到,

金陵被抽调五万去战寿城,

防守空虚。

但密报得知,

城外修建寝陵二十多万工匠,

隐藏了训练有素的步军,

七或八万,

平时支援寝陵修建,

借以掩饰存在,

关键时以拱卫金陵。

我早料到双方都无法速胜,

故今命你即刻将兵甲押回,

速与你大哥二哥汇合于苏州,

他们日前已集结数十万部众,

待你兵械一到,即刻武装,

要高举勤王之旗,

沿长江水陆并进,

直逼金陵,

但切不可冒进,

距金陵一百里放步慢行,

再等我命令。"

花晚楼合上了信函的盘算，

放飞了缥缈的思绪，

这十万兵的领军里，

会否有天晴？

第三十一章
偷　袭

天晴亲率前锋傍晚抵达金陵城下，

登高眺望这座帝都名城，

巍巍紫金似金龙盘踞城内，

王气赫赫直冲云霄，

凛凛清凉如卧虎雄踞江边，

威风阵阵横扫大江。

浩瀚的长江奔腾滚滚佑城而过，

滔滔不绝于古往今来，

两岸的绿色回响着江南的烟雨，

把江花映开得火红，

繁荣的烟云在城市上空飘荡，

隐约天街里传来了喧嚣声，

人来客往，好不热闹。

点缀城中的湖泊翠绿如碧玉，

似月牙，像玄武，

又把明镜照了莫愁，

夕阳斜下的湖面，

波光粼粼，金光闪闪。

城外的远山，

枫林尽染层层叠叠，

如落霞栖睡山间，

在晚照中灿若云锦，

出世的梵音，

伴随着古刹悠远钟声在天地间回荡，

荡涤着人世间的红尘万丈，

不绝于心，

好一派帝都景象！

慕容天晴晚间升帐：

"今夜袭城！"

是夜，

月神隐没入厚重的乌云，

在偷偷小声地喘气，

在黑暗笼罩的大地上，

风不敢行走得太急，

生怕惊动了这路上的人马，

衔枚的人，摘铃的马，

黑压压的几万，

蜿蜒而行，

被黑夜掩盖在深深的寂静下。

但在不远的高丘上，

有一位横刀烈马的将军，

穿透黑夜的重重黑幕，

盯着这一切的上演，

他是陈朝守陵大将——无端。

白日里刚和城中守将通报了彼此，

协同了步伐，算计了燕军，

但燕军来得太快，

且来则即战，趁夜袭城，

令他赶了个措手不及，

急急忙忙组织大军，

预备从外围截杀，

成里应外合之功，

只是燕军的多少总悬疑在心，

无法摸清。

先锋大军悄悄里逼近南门，

忽然里一声号令，号角长鸣，

杀声鼎沸，开始攻城，

却在同时，

城墙上灯火突然里齐亮，

城头雉堞一齐站出排排兵士，

待不得攻城者的惊讶，

那如蝗的箭雨已铺天盖地，

金鼓声大作，喊杀声四起，

黑暗中卧居金陵的金龙，

已腾空而起，

呼啸起熊熊烈火，

烧红半边天宇。

这城外，登城的云梯，

或在半空中后悔后退，

或在靠墙的时候哭泣，

城墙边人如雨下，

摔出凄厉的嚎叫，

奄奄一息，

怎奈何军令如山的前仆后继，

如大海的层层波涛英勇地拍击，

一次次舍命地冲撞，

转瞬粉身碎骨成朵朵血沫。

城上的兵勇望着

黑暗里不断涌出的攻击，

一次次鼓足最后的勇气厮杀，

死守墙头的重担，

渐已压得难以喘息，

望着那看不透的深深黑幕，

不知道后面还隐藏了多少

还没到来的厮杀。

少时，

燕军号角,急促鸣响，

军士节奏加快，

黑色的波涛一浪高过一浪，

一波快似一波，

号角声越吹越急，

波涛排天开地而来，

南城楼在不断的轰击中，

颤抖、害怕，

恐惧蔓延,绝望滋生。

就在这时,

熟悉的金鼓声从两旁黑夜里传出,

越快越近,越近越快,

终于在黑暗的火光映射下,

身着白色战服的守陵大军掩杀而至,

阴风飒飒,鬼哭狼嚎,

黑色的洪流被白色夹击。

慕容擎天机关算尽,

也没算到金陵城还有如此大军的守候,

天晴的两万先锋攻打突袭能有余力,

但面对如此大军夹击,

顿时险象环生,力不从心。

当下里,

放弃攻城,全力迎敌,

奈何白服大军数倍于己,

天晴前锋虽尽是精锐,

但也只作勉强支撑。

不久,

东方既白,天将微明,

借助天光,

终于看清了彼此的虚实,

城上金鼓立刻变声,

城门放桥而下,

守城的军队冲杀而出,

白服的大军此时也放下疑虑,

清楚地算计了对方的实力,

金鼓急促,全力催战,

欲围杀燕军的这部前锋。

守陵的大军和城内杀出的守军,

里外夹击,近八万之众,

慕容天晴见偷袭不成,

反要成瓮中之鳖,损将折兵,

旋即下令,

在合围之前集中突围。

兵败山倒的混乱呼啸而来,

后面陈军的掩杀气势汹汹,

燕军人仰马翻,踩踏无数,

人尽仓皇,马俱惊慌。

红衣首战冒进淹没了美丽心情，

郡主督战却迎来了山倒的兵败，

天晴恼羞成怒的红红眼眶，

被沙尘遮掩了滚烫泪滴，

逃命突围里的命运将如何安排？

第三十二章
死里逃生

天晴的先锋大军冲过重重黑暗，

在浴血的拼杀中突破重围，

残兵败将奢侈不起喘息，

陈军在重赏下穷追不舍，

在后方掀起遮天尘土。

嚣张狂笑中追赶，

飞削落后燕兵的头颅，

挂在腰间等待领赏。

得意里张牙舞爪，

撕咬落单的逃亡士兵，

在嗜血疯狂中报复。

燕军大把的绝望在传染，

一口口希望在泄漏，

束手就擒的冲动攀升，

只是恐惧杀头领功的惊悚，

才强打精神在死神的道路上奔跑。

天光已经大亮，

却显得格外苍白，

就像等待这场血流成河的祭奠，

好开启全新的一天。

天晴及众将，

在刀枪剑戟中冲突，

在尸山血河里寻路，

里应外合的夹击让心头生寒，

崇山峻岭的围堵把马蹄打颤，

越来越多的倒下，

拖累了越来越少的跟随，

天际前不尽的道路，

是否还狰狞着埋伏，

已然没有归途，

血雨腥风能否挡住，

死神出来痛哭。

慕容郡主的红影，

该魂归何处？

是时，

众将们猛然瞥见，

前方又卷起漫天的尘土，

那里弥漫着震天的吼叫和喊杀，

淹没了后方追兵的声音。

这才突破了狼群的重围，

怎又要掉进机关的陷阱，

奔突逃亡的燕军，

把最后的希望撞碎在绝望之墙上，

如今怔怔地机械地向前奔突，

等待一场相遇被屠戮，

望着远方那绝望的尘土，

越来越近，越来越清……

一个黑色的大字，

像雷打电击，

击颤了所有人的心灵，

暂停了所有的呼吸，

打碎绝望凝固的血液，

希望再次燃烧起热血。

霎时间，
爆发出死里逃生的欢呼，
死去活来的痛快，
因为那分明是一个"燕"字纛旗，
他们的大军杀到了。

半月后，金帐内，
大陈皇帝蹙额案前的战报：
总投入步军六十万，
三路骑兵十五万，
如今，
中路骑兵覆没全军，
燕军车兵骑兵的冲杀，
折损中间左右步军又过半，
只剩余十五万，
在那滚滚的左右两翼，
骑兵有着优势步军的协杀，
大杀燕骑两翼精锐，
大歼八九万之众，
但己方两翼在攻杀中

亦损骑兵五万,步军四万,

目前,

总余三十一万步军,五万骑兵。

损失惨重!

皇帝怒拍大案:"反贼损失如何?!"

第三十三章
最后一根稻草

"反贼，

骑兵折损十二万，

车兵五万，

步军十一万，

目前，

余骑兵八万，

步军二十四万。"

这一串数字冰冷悲伤，

慕容低头沉思，

默不作声里冷冷地盘算。

半月有余的鏖战，

招数眼花缭乱，

底牌奇兵迭出，

到如今都精疲力竭，

双方热闹得死伤无数，

只不过换来现在相当的旗鼓，

僵持不下，动弹不了，

谁也奈何不了谁的嚣张，

谁也无法发泄谁的愤怒。

这，并不出乎他的意料，

甚或是策划的始初。

只是算有遗策中百密一疏：

寿城之战，

只想将陈军主力拖住，

也拖空他那边境和帝都，

暗地里天晴带十万众精兵，

从天而降直捣金陵城府，

都城的空虚会成就一击即中，

占领帝都的胜利将摇撼

高高在上的王朝军心，

摧垮其久战僵持的意志，

再一鼓作气包抄寿城的对峙，

指日可告成大功。

怎奈皇帝贼性狡诈，

陵寝里修得十万精兵，

深藏不露中拱卫金陵，

现如今和天晴势成拉锯，

燕陈双线，

进不行，退不得，

紧不了，松不能。

"主公，又出现一支大军！"

惊恐从帅椅上跳起，

此时哪里来的新近大军？

如是陈军的奇兵，

将成压垮燕军最后的稻草，

后果不堪设想。

慕容急问："可是陈军？"

"不是！"

松出的一口气跌靠在椅背上，

缓了一缓方才问"那是谁？"

"是江南花家。"

"嗯？"

"花家一夜生兵四十万，

由大子、二子和七子统帅,

岸江两路,溯水而上,

不日即到京口。"

"花家是江南巨富不假,

但突然哪来那么多兵士?

又哪来那么多兵甲器械?

那可是四十万的武装啊!

需要多少钢铁?

打造多少时日?

得有多大动静?

我们没觉察,

陈朝新贼也没?"

慕容百思不得其解。

"主公,

还有一件事,

不知当讲不当讲?"

慕容已被意外激起莫名的怒火,

前有金陵多出十万守陵大军,

后又冒来花家庞大的奇兵,

事情已在他的规划中脱轨,

向着未知越行越远，

滑向赌博的恐惧边缘，

这绝不是他所想。

"快说！！！"

"花家打的是勤王旗号！"

禀报的将官说。

"哈哈哈哈哈！好好好！

花家前朝，

从龙有功，宠于老贼，

若真勤王，怎会等双方

底牌出尽，鏖战半月，

才姗姗来迟呢？

再说，

这四十万大军陈室必不知晓，

定有蹊跷，

再进一步说，

花家乃是北越皇室余脉，

陈灭国灭族的仇恨，

轻易揭过不可能。

早有耳闻，

北越流亡海外的皇族

与花家多年前达成妥协，

共谋福利。

如今天下大乱，

花花江山，

同样躁动的皇族血脉，

做生意的花家，

难道不想赚一次大的？

若是不打勤王旗号，

倒是让人捉摸不透，

但打了勤王旗号，

分明的此地无银，

是想收渔翁之利。"

"司马何出此言？"

皇帝这边亦听大司马说道，

打勤王旗号反而可疑，

"拥众四十万，

如今才打勤王旗号，

进京勤王是假，

便利行军是真。"

司马又道,

"燕陈鏖战半月,

损兵折将,精疲力尽,

正是渔利双方的最好时机,

再不然,如果形势有利,

一举夺得社稷也未可知。"

"可惜,可惜!"司马叹道。

"可惜什么?"皇帝问。

"想来,花家为此已蛰伏多年,

蓄养四十万兵力,

本以为可趁燕陈力尽僵持之际,

用意外大军突然击溃双方,

一统天下社稷。

但他万万没有料到,

慕容和我大陈都互相隐藏了那么多兵力,

即使如今,

我们都损失过半,

还各留近四十万大军,

想一口气吃下双方,

不容易！"

"但此时花家若是协同燕军与我为敌，

我们必亡啊！"

皇帝惊慌。

"的确如此，

贼我双方现在谁也没法承受最后一根稻草，

更何况是四十万生力大军。"司马说道，

"如所料不错，

慕容家的说客

已在赶往花家大营的小路上了！"

第三十四章
口舌之战（上）

"师兄，此番学成下山，你有何打算？"

"当然是干一番大事业喽！"

"师兄才志高远，

什么样的事业才能入你的法眼？"

"师弟，你明知故问，

你我跟随师父他老人家学艺多年，

所学都是帝王将相之术，还能有什么事可干呢？"

"哈哈哈！！！师兄，可敢与弟约赌一局？"

"有何不敢？！你说如何赌法？"

"你我兄弟二人，在天下间各寻一主，

可是帝王将相，也可是贩夫走卒，

三十年为期，

看我们辅佐的人

谁会是最后天下之主，

可好？！"

"好好好！！！妙哉！妙哉！一言为定！"

"一言为定！

但无论何时何地都不可对任何人说出我俩赌约。

师父除外，可请他老人家评定输赢。"

"三十年一晃，

当年的豪情壮志，年少轻狂

都还仿佛只是昨天。"大司马默默地望着花老说。

"是啊，你我兄弟现在都是霜发白鬓的老人了。"

花老与大司马轻碰感慨，

一饮而尽。

月光如水银倾泻在大地上，

银光闪闪，

黑夜似受惊的野兽趴在地里，

一动不动，

一对兄弟对坐在酒楼里，

周围让机关守卫打扫得异常安静，

只有灯烛的摇曳将灯影

在他们的面庞上轻轻抚过，

翻阅着三十年往事，

也走马观花，

夹杂着万千感慨，

都化作沉默。

有谁愿意先把这份宁静打破？

那会袭扰他们徜徉一起学艺时的少年温情，

那会将他们从温暖的回忆拽回冷飕飕的如今。

可时间好像总是有点无情，

没有耐心地扬起大手

要打破所有的宁静，

因为这盘赌局还在等待结局，

收官之战正在搬弄着胜负，

竭尽全力总是无法逃避的选择。

"师兄，此次前来，你有几成把握说服花家？"

花老掀开宁静的幕布，

轻轻问了句大司马。

大司马抬起眉眼，

认真地看着，

瞳孔里翻腾着思考，

"师弟，我只问你一句，

花家这四十万大军，

你是否早就知晓？

或也是你早已布好的一环?"

"是,但也不是!"花老有点自言自语说。

"我明白了!"司马长叹,

"我们各凭本事,

来决战这最后一役吧,

无论输赢,

到那天,

赢的人要请喝一顿好酒,

不醉不休!"

"好! 不醉不休!"花老拱手和司马相视而笑。

杯中乾坤,

江山淋漓,

再饮而尽。

"四叔,我是晚楼,来看您来了!"

花晚楼在大营帐外恭敬作揖。

"哦,是七子啊! 快进来吧!"

"四叔近来身体可好?"

花晚楼在花老的示意下坐了下来。

"还好! 身体还不错,我兄长他可好?"

"家父很好!"花晚楼脸上泛起真诚的笑意。

"让兄长平日少喝酒,少发脾气,

多注意休息,多注意身体,

还有你们都老大不小了,

也别总把你们当小孩子管。"

花晚楼微笑着点头称是,

亲情在两人间流转,

温暖在大帐内洋溢,

可冷不丁总是不甘寂寞。

"七子,当下形势,兄长有何打算?"花老轻声问。

"四叔,侄儿有一事想问,

还请您能对我实言。"

"你说。"

"四叔当年艺成下山,

为何会救一亡燕遗胄,

并竭力去辅佐他成就事业?

难道慕容擎天少年时就展露了王者之气?

还是只是您为了辅佐一个前朝遗胄,从而成就您匡
　　扶天下的梦想?

甚至只是为了证明您学有所成,就只是为了个验

证?"

"是兄长让你来问我的?"

"不全是。"

"哦!

你刚所说的,

都有可能是原因,

但全部的原因现在还不能说。

我的确希望擎天能赢,

更希望我花家能赢,

但无论如何,

至少不能让陈室江山再继续。

不过有一点,

你可以确信无疑,

我定不会负我兄长、子侄和族人。"

花老的回答严肃了一地。

"四叔,您言重了,对您我坚信不疑,

但我还是不太明白……"

"日后你总会知道和明白的。"花老肯定地打断了,

"七子,你现在希望我怎么做?"

"我们希望您回去告诉慕容擎天,

我花家将会全力助他反陈，

以报当年陈室亡国灭族之仇。

请他全力进攻寿城陈军，

我们不日也将赶到助其攻杀，

他日功成，花家不贪皇权，

只要称王北越故里即可。"

"你是否也会和陈朝的大司马说同样的话?"花老
　　问道。

"四叔，这些您就不用操心了，

只管说服慕容擎天全力进攻就好，

这也是家父的意思。"

花晚楼低头揖手。

第三十五章
口舌之战(下)

"大司马,请!"七子引手让进司马,

大子和二子也从里面起身拱手相迎,

一番虚伪苍白的客套后,各自落座。

"大司马此次前来有何吩咐?"大子笑盈盈地开腔问。

"只为勤王而来!"司马轻快地答道。

"哦? 我们奔行数日,急行千里,只为勤王,

陛下若有何旨意,只管差人前来宣旨即可,何劳大司

马亲自赶来?"

"大子仁德,老夫自然知道,老夫此次前来是希望和

诸子共议勤王之策。"

大司马微微一笑。

"司马此言差矣,我兄弟三人奉家父之命,星夜兼程,

只为勤王,莫非司马对我等信不过?"

二子发言,伴随着些许愠怒。

"二子勇谋决断,

大子智勇双全,

七子也是才智无双，

老夫对你们勤王的能力深信不疑，

如今是想和各位商定勤王之策，安定勤王之心。"

司马目光如炬，

凝神坚定看着诸子。

"我等亲率大军，披星戴月，

勤王之诚，可表日月，

但看司马如今话语，

对我花家勤王之情颇有不领之意，

陛下好无诚意啊！"

七子低眉浅笑，

大子颔首微微眯了眯眼，

二子燃烧起炯炯的眼神凝盯着。

"花家先祖助我朝先帝建国有功，

但我大陈从未薄待，

江南沃土，尽可攫取，从来都极尽便利，

盐漕水运，富利滚滚，花家可肆意尽享，

地方州府，京城百官，

皇亲国戚，忠臣歪佞，

无一能去惊扰花家的土地和生意。

这是何故？

是皇帝便利的诚意！

花家开府千亩，家仆上万，

金碧辉煌，钟鸣鼎食，

黑压压重楼叠宇一眼望不见边际，

乌泱泱歌姬美女熙熙攘攘胜似后宫，

珠宝金银，奇玩美玉，能倾倒东海龙宫，

骏马良驹，珍禽异兽，会掏空终南之山，

人间的烟云已冠盖过九霄宝殿，

三界的上神地仙几多羡慕不已，

但三十年间无风也无雨，安享乐极。

这是何故？

是皇帝庇佑的诚意！

如今大陈遭劫，皇帝有难，

尔等却端坐高椅，轻佻言语，

更反问大陈之诚意，

老夫替尔等耳赤面红。"大司马愤愤然。

事实不偏不倚，道理句句在理，

舌尖有锋利，口中夺乾坤，

说得三子

如针毡丛生凳椅,

犹烈酒熏辣肺气,

尴尬和哑然齐飞,

惭愧与无言挤轧,

踽踽然,默默然。

"大司马天下第一智士,果然名不虚传!"

七子倏忽还是打破那份沉默的尴尬,

"司马如此说来,

岂不是誓要将我花家架在不仁不义的高台上暴晒。

只不过此事要是你司马个人之说,

我等实有惭愧,

但如今所代表并非你个人,

而是所谓陈朝,

一个靠背信弃义起家

靠言而无信治天下的王朝,

如此种种,天下人尽皆知。

我想大司马不会没有读过那

慕容氏昭告天下的四字檄文吧!

辛辣有味,字字铿锵,让人过目不忘,

累累逆行,桩桩丑事,更不堪细数。

既然陈皇本就如此倒行逆施,

如今又何必遮遮掩掩、虚伪指责呢?

不如实话实说,倒来个痛快!……"

"住口!口无遮拦,大逆不道,

你眼里还有为兄吗?!"大子大声呵断七子的话,

七子低头闭口不语,

司马眼光闪烁游离,

心底沉沉地压着无奈和叹息。

"司马此来,有何事尽管说,

也不必在这里徒逞口舌,

我花家意在勤王,

如司马别无指教,今日就到此为止。"大子掷地有声。

"诸子才智过人,

我也不必兜兜转转,

我信花家会念从龙之功,

有勤王之心,

若此次能勤王成功,

皇帝将亲册丹书铁券,

花家世代同享皇族之礼，

土地与财富再赐如今一倍。"

司马放光的眼神扫视三子，

只见七子低头品茗，犹如未闻，

二子正在整理衣襟，

侧面的嘴角似是而非的一股嘲讽，

只有大子还是微微笑着看着他，

却是不动声色，

似是等待他继续说下去。

司马镇定自若中已知晓个中滋味，

接着又说：

"再不其然，花家若有顾虑，

勤王功成后，除前项许诺，

还可以拥兵自保，盐铁私营，

这样你花家就如国中之国，

兵甲、财富、特享、权柄应有尽有，

这已是皇帝所能赐予的

除皇位以外最大限度的所有，除非……"

"司马莫说除非，我花家乃一商人，

早已没有江山之心，

只要安平富贵,生意兴隆。"

大子轻轻笑着说。

"那我们一言为定!"司马趁势掷言。

"好!勤王功成,我们划江而治!一言为定!"二子抢
    白道。

出乎意外的抢白,

却未等来大子的呵斥,

七子也抬起头看着,

大司马此时欲言又止。

第三十六章
黄　雀?

"全力进攻?!"皇帝反问,

"你说花家让我们全力进攻反贼?!"

"是的。

花家让我们全力进攻,

他们不日便到,

将会和我们一同围剿。"

大司马解释道。

"现在敌我双方势均力敌,

僵持不下,

等到他们来再进攻岂不是更好?"

皇帝有点疑虑。

"这一点我早已想过,

但是好像我们选择的余地不大。"

司马分析说。

"此话怎讲?"皇帝更加疑虑了。

"现在双方僵持不下，

贸然全力进攻自然不好。

但我猜测花家也是让反贼全力进攻我们，

反贼也一定和我们有同样的疑虑。

假若反贼不进攻，

我们也不进攻，都还好说，

但是如果反贼全力进攻，

我们防守必然被动，

那花家赶到之时，

必然帮较为主动并且省力的一方，

届时还会理直气壮,堂而皇之

将我们围剿。

反之,我们全力进攻，

反贼没有进攻只是防守，

那花家必然是帮助我们。

所以,现在看来，

最有可能的结果是：

我们和反贼都会全力进攻，

因为他们也会如我们这样推演。

我们和反贼现在谁都不敢

赌双方同时都不进攻，

那样花家即使赶到也必作壁上观，

会再催促，

到头来结果还是一样。

所以，最后

只有全力进攻才会是最稳妥的一招。"

"司马，你分析得很有道理，

如此说来，

我们的确选择的余地不大。"

皇帝感叹道，

"但是，

如果花家是存心让我们双方对攻，

以加大消耗，

最后好

一举歼灭我们，

好坐享天下，那该如何？"

"这一点我也想过。

反贼那边也有高人，

必然也会明白这个道理，

所以尽管我们双方都会选择进攻，

估计都不会使出全力，

以命相搏，

届时都应该会有默契，

不会消耗太多。

再说，

凭现在双方所剩余的实力，

只要不拼死相搏，

就算再消耗一点，

他花家想一举吞并，

也绝非易事，

四十万军力，

还不够稳操胜券。"

司马遥望虚空，

坚信不已。

"嗯，

到时再看花家如何抉择吧！"

皇帝若有所悟地说。

这边燕军大帐内也在上演同样的故事，

花老也在为慕容擎天推演一样的逻辑，

"到时花家即使贸然选择一家围剿，

无论我们还是陈室都不可能完全信任花家，

只会和花家削弱对方，

但绝对不会消灭对方，

唇亡齿寒的道理任谁都会懂。"花老分析。

"所以现在形势很微妙，

我们也只能走一步算一步了。"

慕容擎天略有顾虑，

"传令三军，全力进攻！"

"大哥，

你说燕陈真能如我们设计那样全力对攻吗？"

二子疑惑地问。

"大司马是天下有名的智囊，

慕容擎天本就计谋迭出，

他们会看不穿我们的意图？"

"正因为他们都是聪明之人，

所以一定会知道他们选择的余地不大！"

花晚楼微笑着抢答。

大子愁眉不展，

陷入深深的思考之中。

"大哥，

你是在愁如若双方都在全力进攻，

我们到时该帮谁吗?"

花晚楼询问。

"其实到那个时候帮谁效果都一样，

不如把这个人情留给四叔!"

"那是自然，

难不成还给大司马?!"二子也附和。

"这个我已心中有数，

我是在想，

我们帮燕军攻陈，

但慕容是绝不会和我们一口气吃掉陈军的，

他一定会保留陈军一定的实力，

以便必要的时候牵制我们。

况且到那个时候，

陈军必然也会主动和燕军做交易，

慕容擎天到时顾忌我们反噬他，

必然也会接受交易，

这其中之事，

我思无良策啊!"

大子叹了一口气。

"一旦大军杀红了眼，

也不是那么好控制的，

再说不是还有四叔嘛！

父亲早就说过，

此一局能否全赢，

最后还得看四叔发挥。"

花晚楼说，

"四叔智计绝不在司马之下。"

"可是四叔可靠吗？"

二子喷了一句。

"老二，你胆子越来越大了，

这种忤逆言语要是让父亲知道了，

看不打断你的腿。"大子怒斥。

"大哥息怒，小弟知错了。"

二子急忙站起来躬身道歉。

"四叔自不必多疑，

但是这'黄雀'看来是不好当啊！"

花晚楼感叹。

第三十七章
最后的交战

斜阳晚照

这片荒原，

一半沐浴在夕阳中，

另一半蒙在阴暗里，

像一张蒙着半边脸的面庞，

对着夕阳，

充满了疲倦，

挂满了迟疑，

好像如果这最后的阳光熄灭，

他也将沉沉地睡去，

告别这人世间太多的烦扰。

忽然，

在迎着夕阳的那半边脸上，

密密麻麻的黑点在聚集，

很快形成一个巨大的菱形，

犹如这半脸上巨人之眼，

那还在闭着的黑色瞳孔里隐藏着什么？

突然，

一声长长的号角声

从天外传来，

唤醒了这尊巨人，

闪亮的刀枪剑戟齐齐高举，

这巨人睁开了巨大的眼，

一颗亮闪闪银灰色的瞳仁，

爆射出冰冷夺命的金属寒光，

惊扰了空间。

像是为了回应，

从地狱大门的深处，

升起了隆隆的金鼓声，

渐渐地,越来越大,越来越刺耳，

终于，

那遮掩在阴暗里的半边脸，

也倏忽睁开了猩红的巨眼，

那是地狱罗刹在醒来，

赤色的仇恨熊熊燃烧在瞳孔里。

在这个夕阳傍晚，

燕陈寿城的大军准备起了最后的交战。

张富跟随着潮水一般的玄甲军团，

向陈军冲杀过去，

他紧握大刀的双手，

在不自主地颤抖。

那绝不是因为恐惧，

因为这场战役，

在这片荒原鏖战半月有余，

创伤已凝结成勋章，

挂满了身体臂膀，

手上陈军鲜血的流淌

已成为冷漠和残忍的欢唱。

张富

面庞流淌着汗珠，冰冷刺骨，

眼眸毫无光彩，一片麻木，

滚热的心早已冷却，布满杀戮。

可今天，

他紧握刀柄的手却在颤抖，

今天本是最后的交战，

坚毅的将军没有战斗前慷慨的宣言，

勇猛的士官也摒弃了带头冲锋的举动，

所有一切都在机械地前行，

像只是去履行一个义务。

张富，看了看周围，

这些出生入死血雨腥风半月的战友，

今天也弥漫着成片成片的麻木，

他们的手也在颤抖吗？

可这里是拼命的战场，

是你死我活的盛宴，

不尽全力，

谁敢拿性命来赌博？

但若舍身拼命，

浴血奋战说不定

换来的却是长官的责罚，

和白白流血的牺牲，

或许还会激怒陈军

本来的麻木，

将一场逢场作戏的对战，

上演成你死我活的绝杀。

沉闷的号角还在漫不经心，

金鼓咚咚也显得无聊凌乱，

两军倒是越来越近，

可以看清对面的士兵。

终于，

在拖泥带水中两军拥挤在一起，

刀枪剑戟乱舞碰撞，

喊杀声、嚎叫声和痛苦声依然如约而至，

呼吸到的都是疲倦的气息。

陈军的士兵

好像一样麻木迟疑。

难道这就是生死相搏间的默契？

难道嗜血杀戮真可能逢场作戏？

难道这就是那些当官的想要的效果？

张富的精神在游离，

下意识地舞动大刀格挡，

本能地躲开死亡，

可他的手依然在颤抖。

突然，

一阵及骨的疼痛

升起，

他回神看了看中刀的身体，

又顺着刀看见了一张脸，

陌生的，疲倦的，麻木的，

那脸的主人也是怔了怔。

可下一刻，

他还是欲抽刀拔走张富的命，

也就在当口，

一腔旁边飞来的滚热鲜血，

溅到了张富的脸，

模糊了一只眼，

浓烈的血腥刺痛了他的神经，

那根紧绷了半月如今又麻木的神经。

刹那间，

张富好像看见，

他的大哥张荣在远处不远，

笑盈盈地看着他，

这个从小就惯宠着他最亲的大哥，

在寿城大战的第一天就战死，尸骨不全。

那夜，

他和二哥四弟，

抱头痛哭一夜，

可仅仅是第二天，

他们最小也最令人骄傲的骑兵四弟，

在冲锋中被陈军拖下马背，

乱矛刺死，尸骨至今无处可寻。

从那时，他开始麻木，

拼命地杀戮，

因为恐惧杀戮，

因为复仇杀戮，

因为活命杀戮，

一直到这最后的交战之前，

他最后的二哥也被火箭穿胸而过，

就倒在他的眼前。

兄弟四人，荣华富贵，

本是风华正茂的年纪，

本可以兄友弟恭、

父慈子孝地安居乐业，

如今却被这片荒原一一祭奠。

兄弟的身影在张富眼前逐一闪过，

他的心顿时胀满血腥的仇恨，

他的心不再迟疑，

他的手不再颤抖，

他要杀尽陈军，

他要为兄弟报仇，

他要为自己活命。

手起刀落，

面前的那个陈军的面庞，

凝固在他的眼前，

脸上居然毫无痛苦的表情，

反而布满了解脱的轻松，

心安理得地躺在了地上，

终于可以安心休憩。

张富打了个寒颤，

"对！

我的杀戮，就是超度！"

张富找到了一个更为高尚的理由杀戮，

就不顾一切凶猛地冲杀了出去，

而在他身边更多的身影，此时，

也抖落了之前的麻木，

像是如梦初醒，

杀了出去。

双方的战斗从不温不火开始，

终于开始炽热，开始迎来沸腾，

尽管来得慢了些，

但却好像比从前更加猛烈，

这是真正的最后交战。

"陛下，双方已经交战！"

"战况如何？"

"事先我们已做了布置，

营造了做戏的氛围,

双方好像也是如此开始上演。"

"那就好!"

"刚开始是这样的,

没过多久后,

却是越来越激烈,

杀红了眼,

我们也无法控制!"

"怎么会这样,难道他们都不想要命了吗?"

情报官不敢搭腔。

"其实想来,这也属正常,

经过半个多月的鏖战,

双方死伤过半,

积累了山高石重的仇怨,

尽管谁都不愿再拼命,

但是一旦交战起来,

很容易新仇旧恨一起点燃,

激战在所难免。"大司马解释。

"唉!"皇帝重重地叹了口气。

第三十八章
黄雀来了

"主公,如今双方杀红了眼,

已经脱离了掌控轨线,

伤亡已超出了我们的底限。"

慕容擎天低头沉思,

将官的言语好像没有听见,

过了艰涩良久的时间,

方才抬起头问花老:"该当如何?"

"可传信于陈军,

晓以利害,约定双方同时收兵。"花老答道。

"嗯!"慕容沉沉地应了一声。

"大司马,燕军约我们同时收兵,你意下如何?"皇
   帝问。

"眼下只好如此,

否则这样杀下去,很快实力就所剩无几。"

怅然已锁住了大司马的眉头,

"娘的,花家的军队到哪里了?"皇帝暴跳起来问旁边
    的参谋,

将多时的窝囊和愤怒一并发泄。

"花家的军队近在咫尺,

如果愿意,一个时辰即可杀到,

但他们故意磨蹭,是在有意拖延。"

恼怒在参谋脸上时隐时现,

吞噬着冷静和理智,

开始怀疑这就是一个美妙的谎言。

"那就回复燕军,一个时辰后,我们同时后撤!"皇帝
    毫不耐烦地发令。

"是!"

黄昏的晚照渐已陨落,

战场的厮杀依然胶着,

一片片兵勇的倒下,

在血泊里却得到了解脱。

一阵阵夜幕临近的冷风,

搅扰着这场没有尽头的灾祸,

银星一一隐没,

月亮早已闪躲，

这一夜，来得分外的黑暗，

给予人们悸心的压迫，

仿佛这个夜晚不会再平凡普通，

定会搅得人间涛涌浪浊。

三子并马列在前头，

看着这黑沉沉落下的夜幕，

"大哥，我们可以出动了，

如若再迟，怕是两方会休兵，到时反而不美！"

七子对大子建言。

"嗯，老二，你率前锋大队全速前进，攻杀陈军。

老七，你带一部守住寿城通往金陵之路，

防止陈帝回巢，同时也可防备金陵守军前来救援。

其余众将，随大队同我一起围剿寿城陈军，

速战速决！"

"是！"

整齐的回答带动了几十万大军的步伐，

向各个预备计划位置

全速进军。

夜幕降临，

点上火把的燕陈两军，

疲惫的火焰慢吞吞地吞吐，

士兵的倦容显得苍白无助，

杀戮的冲动，

已得到了充分的宣泄，

双目又回归

那种开始时的麻木，

这寂寥的黑暗，

这血腥的荒原，

正准备撤走这场你死我活的席筵。

双方的士兵清楚地听到了

军中收兵的鸣金声，

那口撑着的血气终于松出，

紧绷的神经也一下卸弛，

燕陈交战的大军开始后撤，

这场筵席终于曲终人散，

带着恍惚和虚脱，

准备回到各自的梦乡去疗伤，

再没有半点气力。

可正在此刻，

从远处的山岗后传来了一阵长长的号角声，

一排手持火把的骑兵

突然整齐地列队出现在不远的山岗，

黑色的身影挤满山岗，

人马嘶鸣，火焰呼呼，

火把下的身影越来越密，

周边的空气越来越紧，

压迫着所有人的呼吸，

那山岗后面的天空被映照得通红，

昭示着那里还有数不清的大军在冲出，

这是哪一出？

这又是哪一军？

为何来搅扰说好了的休兵的幸福。

这一幕瞬间惊呆了已经开始撤退的陈军，

燕军也怔怔地在那里一时间不知所措，

好像在看一出离奇荒诞的戏剧，

而他们只是热场的龙套，

主角才刚刚上场，

无限的讽刺刺痛着每一根神经，

莫名的愤怒在燕陈军里广泛地泛起，

比打扰一袭美梦更让所有人生气。

就在此时，

那山岗上号角再起，

短促有力，

帅字大旗升起，

"花"在黑夜的火光里迎风盛开，

而在它的旁边，

另一面纛旗也被高高举起，

四个大字隐晦地展开了本来的面目，

"反陈助燕！"

说时迟，那时快，

燕军号角快速吹响，

像是发出长长的欢呼，

吐出了一口紧悬胸口沉闷的气息，

那山岗上的号角也回应吹响，

相互应和,显得亲密,

陈军的金鼓这时也急匆匆地擂响,

有点慌张,有点着急。

巨夜的杀戮又拉将开来,

燕军转身杀了回来,

带着鼓足的勇气和必胜的信心;

密密麻麻花家大军的火把阵

从山岗燃烧着冲了下来,

生机勃勃,夹带着乍到的勇气,

幻想着所向无敌;

刚松了气、卸下神经的陈军,

在绝望中艰难地转身,

在转身中好想放弃,

但一切好似都已来不及,

三处人马就冲杀在了一起。

疲倦的身体,

绝望的精神,

数倍于己的燕花联军,

迅速溃退着陈军,

犹如烈日照耀残雪,

快速消融，

更似熔岩淹没冰封，

瞬息解冻。

"陛下，花家已反，正在助燕反陈，我军快顶不住了!"

将官向金帐中紧急报告。

"司马，你不是说花家已许诺助我平叛吗?"

皇帝的话语犹如千年的冰峰，

生生压向大司马，

他目不转睛地盯着司马双眼。

"花家当时应该两边都说了这样的话，

现如今，临阵选择一方助攻，

臣实无法预测!"大司马羞赧地勉强应答。

"那现在该当如何? 回金陵与守卫大军汇合?"皇帝
　　再问。

"不可! 金陵之路应已被封堵，

何况金陵那边还有慕容天晴的十万大军，

为今之计，

我们向北方撤离是为上策，

一来北方尚未有叛军，还都是我国土臣民，

二来我们可与边境守军汇合，合兵一处我们尚能周旋。"大司马建言。

皇帝默默地沉思，

愤怒的青筋不断地跳动，

无人敢惊扰。

在度秒如年的煎熬中，

众人苦苦等待回答。

"报！！！

我军前方阵营溃败，

我军伤亡大半，请陛下速速移驾！"

"收兵，突围，北上！"

皇帝终于下定了决心，

可那又会是怎样一个迷局呢？

第三十九章
深深的局（上）

"大哥，

陈帝突围北上而去，

要不要追击？"

二子急急相问。

"残兵败将，

不过六七万人马，

不足为虑。

即使北上，

就算汇合边境那十五万守军，

会是什么样的结局，

都还不好说，

说不定他们互相杀伐，

都不用我们出手了。"

大子露出诡异的微笑。

"说的也是！"

二子也点头称是，

"那接下来我们对燕军什么打算?"

"燕军残留的实力如何?"大子问。

"寿城估计残留十五六万,

但尽是疲倦之师,

战力十去其七,

金陵城外尚有十万精兵,

但那里有七子看守,也不足为虑,

何况金陵城内还有陈朝近十万守军呢!

大哥,寿城这里,

我们有三十万大军,

可以逼迫慕容擎天就范!"

二子兴奋之意溢于言表。

"四叔的兵力还有多少?"

大子似是在做什么思考。

"慕容狡诈,寿城决战之初,

两翼骑兵硬撼,

后来陈军主攻两翼,

先后两次增兵,

围攻燕军两翼,

但慕容熟视无睹,

只是增兵中军，

置两翼骑兵生死于不顾，

损失惨重，

而两翼骑兵就是

燕长年示人的铁骑部队，

也是四叔苦心经营的王牌，

现如今所剩两万不足。"

二子有些怅然，默默地说。

"哦！那也不碍事，

四叔还另有十万奇兵，

传书四叔，

请其劝降慕容擎天，

是和他好好谈谈的时候了。"

大子一副成竹在胸。

慕容走出帐外冷清，

看着东方晨曦微明，

心中油然一种失落，

三十年的卧薪尝胆，

积攒下足够的实力，

起兵以来顺风顺水，

直到金陵失算奇袭，

接连又对花家错估，

如今虽打垮了陈室，

但却难以振奋愉悦，

反而更是忧心忡忡。

本来寿城对峙陈室，

激战多场各有损伤，

但双方都尚存实力，

就算花家突入搅局，

至少可以三方博弈，

相互掣肘互为制约，

谁也甭想随心所欲。

或人算总不如天算，

陈室溃败太为迅急，

现在失去一角对弈，

三角之形转成天平，

他感到紧张又失落，

甚或是无奈的恐惧，

面对花家四十万军，

可周旋的筹码甚少，

有种被渔利的感觉，

千辛万苦回到头来，

终给他人做了嫁衣。

他远见花老的身影，

暗自踽踽叹了口气：

该来的总是要来的。

"你在等我?"花老问。

"是的!"他淡淡地答。

"那你想好如何打算?"

花老明知故问地问。

"我想在这谈判之前，

听你说说你的故事。"

慕容面容恳切地说。

"若我没故事可说呢?"

"那我们就一切免谈，

等着接下来开战吧!"

慕容心意决绝地说。

花老相信慕容擎天，

当初还是少年之时，
花老就教佐他为人，
这慕容擎天的性格，
世上无人比他清楚。

"好!"花老倒是干脆：
"早年离家游学天下，
先朝颠覆大乱之时，
我还在终南山学艺，
待我学成下山时候，
天下江山已改朱颜，
我谨奉家父之严命，
搭救亡燕皇族遗胄，
也就是那年少的你!
既是难得奇货可居，
也是在为未来布局。
自那我悉心辅佐你，
帮你建立宏大事业，
利用你皇族的身份，
招徕亡燕流散势力，

很快就奠定了一方

可割据诸侯的基础。

早在从搭救那时起，

我每天苦苦教诲你，

在你心中牢牢建立

反陈复国的坚决心。

并且将你所有人生

都以此为中心规划。"

第四十章
深深的局（下）

"你是说，

从你救下我那天起，

我一直不过是，

你们早已算计好的一颗棋子?!

我的生活、志向，

我的事业、家庭，

等等一切的一切，

都被你们，

深深地布局，

牢牢地算计?!"

慕容擎天充满错愕，

难以置信的震怒瞬间沸腾，

奔涌向花老。

花老没有直接回答他的问题，

只是淡淡地接着说：

"我和我兄长，

就是花家后来的家主，

决定加速培植你的势力，

让你可以拥有直接挑战陈室的底气。

鉴于当年陈室窃夺天下十分仓促，

对于很多割据势力处理得十分权宜，

加之新陈皇帝又才庸无能，

培植你挑战他是非常有可能的。

而我们花家则在暗地里，

收敛锋芒，掩饰经商，

藏在你雄心壮志社稷野心的后面，

好生蓄养实力，等待时机。

一切只为成今天渔利之势！"

"好深的算计，

真不愧是江南第一家！

怕是天下也难找更好的算计了。"

慕容擎天青筋暴露，拳头紧握，

强压着中烧的怒火，

"那我问你，

十八铁骑是不是早已属心于你？"

"是的。早已如此,

早在当初刚建立铁骑之时,

我已布置好了局,

不过你不已借刀杀掉了吗?"花老淡淡地说。

"你好冷血,明明是你帮我布的借刀杀人之局。"慕容
　　强辩。

"我只是顺着你的意思办事而已。"花老回答,

"不过你也是个冷酷的枭雄,

你怀疑铁骑部队或都已被我掌控,

所以你才在寿城交战之初,

将铁骑部队置两翼不顾,

即使陈军不断增兵,

击毁两翼的意图十分明显,

你也不闻不顾,

无非就是想置铁骑于死地。

只可惜,

那些英勇善战的精锐铁骑至死都不知,

其实他们都是死于你一手的安排。"

"他们都是咎由自取!"慕容恨恨地说。

"不过你请少文、少武他们暗自练兵,

蓄养成势,倒令我刮目相看,

否则这次你还不能和陈军对耗成这样。"花老似笑非

　笑地说。

"这些你也早就知道?"慕容大惊。

"我只是假装不知。"花老冷笑。

"那么金陵那边,

陈军伪装了近十万的守陵大军,你也知道?"

慕容紧问。

"那个是我后来才得知的,

不然我也舍不得让天晴这个孩子去冒险。"

花老说到天晴

流露出无限的慈爱。

"你现在打算如何?"慕容终于叹了口气问花老。

"在和你说这个之前,

我还有一件事告诉你:

金陵城下天晴那十万精兵,

现在怕已是归七子统领。"

"什么? 怎么可能?"慕容差点惊倒,

"那十万精兵都是天晴亲自招徕,

将领也是经过我的谨慎考验,

何况那都是新招之军，

你从头到尾都没有参与，

怎么可能还在你的掌控之中?!"

"我是没有参与，

但不代表我花家没有参与。

你也不想想，

就凭天晴行侠仗义几回，

网罗个天下侠盗之名，

就能那么轻松招徕十万庞大的兵力?!"

花老反问慕容。

"你是说,那些来应招的人是你花家安排的?"

慕容擎天的错愕已经碎裂一地。

"不错。

你可别忘了，

我花家是江南第一富甲，

官道畅通自不必多说，

但就算茫茫江湖，

我们也是最有力的号召者。"

花老的自豪油然而起。

"你们比名剑山庄在江湖的号召力还大?"慕容问。

"不是我们，

而是金钱要比所谓的武林盟主号召力还大！"

花老故意地说。

慕容彻底地泄气，

摇摇晃晃站立不稳，

伸手似要扶住什么，

怎奈何抓到的，

都是靠不住的空气。

本来还有一丝周旋的余地，

但实在没有想到花家如此之深的算计，

以他十万多残兵对抗五十万花家大军，

无论如何都无法周旋了。

"那你们现在想要我如何?"慕容叹息。

"想要你替我们攻打金陵！"花老不容反驳地说。

慕容擎天猛地抬起头颅，

用雪亮的眼睛盯向花老，

像是有一万个为什么要问，

为什么他们要如此深深地算计?！

第四十一章
谁为骗谁薄了情？

"慕容擎天答应了？"大子问花老。

"是的！事成之后，

亲册他丹书铁券，

世代尊享皇族亲王之礼，

如今的财富再恩赐一倍。"

花老若无其事地说。

"好，这倒也不算贵！"大子显然很满意。

"四叔，慕容可信吗？"二子有点疑虑。

"慕容擎天，一代枭雄，自然不可信，

但他眼下别无选择，

而我们也要保存实力，

不便再和他无谓的消耗。

用他攻打金陵陈军对耗，

颇是一举两得，

即使拿下金陵后，

我们还要去扫荡陈军的残寇。"

"或许陈朝的皇帝到时都不用我们动手了!"大子笑
　　着说。

"哈哈哈……"几人都笑了起来。

金陵城外,天高云白,

飞鸽传书在手上怔怔地看着,

惊讶淹没了天晴的双眼,

难以置信颠覆了她平生的信心,

亲自一手招徕的万马千军,

只是别人在玩的一个谜语游戏,

自己也不过一颗棋子,

虽在卖力地演出,

奈何早已掉入万千的算计,

只是不自知而已。

她曾经的满满信心和春风得意,

都被这个无情的骗局打碎了一地,

偏偏还是她从小最爱的花爷爷的局。

从小以来,

只要遇到父亲的责罚或者江湖的闯祸,

她总是跑到花爷爷的身后,

不管捅了多大篓子，

不管多大的暴风骤雨，

花爷爷总是一一帮她遮蔽，

对她千依百顺，疼爱怜惜。

如今却感觉一切都是局，

肆力的假意淹没了曾经的真心，

信任已被无情踩在脚下，

热泪是从心底涌出，

苦涩的滋味满身遍布，

忍不住的堤坝在眼眶决口，

伏在案几失声地痛哭。

那悲恸的哭声也深深刺痛

站在帐外的身影，

静静的一动不敢动，

心里灌满了怜惜和心疼，

脸上布满了惭愧和后悔。

这场梨花泪雨里，

他扮演了不够光彩的角色，

叫他如何能心安理得。

不知过了多久，

他双腿已经站立得僵直，

那个痛哭的声音终于停歇，

伴着断断续续的啜泣，

起伏着高耸的胸脯。

天晴终于

瞥见了帐外那袭身影，

曾经对他怀有的惭愧心情，

如今被这个大大的骗局彻底算清，

自己盗谱而去的薄情，

他存心有意的设局，

到底谁伤了谁的心？

抑或谁被谁利用而去？

自己却傻傻在惭愧里徘徊许久。

"你还好吗？"

那站立的身影转身进营帐里，

轻柔试探地问，

脸上挂满了微笑遮掩着惭愧，

洋溢着无限的温柔掩饰着讨好。

"明知故问!"晴天冷冷地回了一声,

看着花晚楼脸上那冲突纠结的表情,

忍不住心里想笑。

"对不起!!!"七子认真地说起了这句,

心底充满真诚的忐忑。

"你是来将我的军队拿去的吗?"晴天羞愤地问。

"我是来接你回去的。"花晚楼不假思索地脱口而出。

浓浓的错愕布满天晴的额头,

深深的疑惑升起在她的身后,

她抬起梨花带雨的面庞,

愣愣地看着这个始终面带微笑的青年,

"我不明白你的意思。"晴天涨红了脸说。

"我想等这一切结束,带你一起回归小楼。

任芬芳荡漾在我们的身旁,

让阳光住满我们的心房,

远山的木叶清香装点每一个早上,

露湿泥土的气息伴随每一口呼吸,

在夕阳斜下、春暖花开的时候,

我们拨弄琴弦,弹奏天上人间,

忘却世间所有的烦忧,

将尘世挡在小楼之外,

自由地在夕阳里徜徉,

你说可好?"七子深情地问。

天晴的灵魂在刚才早已飞离了这里,

飞往曾经的那时那刻,

在那里,只有她与这个热爱生命的青年郎,

看着那时的他们在夕阳小楼的那段时光。

这些美好真的可以从头拥有吗?

这样美好真的可以握住不放吗?

终于可以离开这疲倦的俗世了吗?

终于可以为自己过自己的生活了吗?

眼前这个失明的青年真的可以给我吗?

"我可以相信你吗?"天晴忽闪着晶莹的眼睛问。

"你会相信我的,

我会做到的!"花晚楼的回答温柔坚定。

第四十二章
苍鹰在后

金陵的城墙并未阻挡多久联军的步伐，

慕容擎天的军队在和金陵守军厮杀，

三次正面的交战伤亡惨重，

终究是将金陵收入囊中。

花家就地遣散金陵守军的残余，

又用明晃晃的金钱收买了仅余的十万燕军，

那些本就是嗜血之徒与投机之人，

在大势已去的舞台上可以轻易被收买，

见风使舵的燕军敲碎了慕容擎天最后的好胜心，

何况花家这五十万大军，

本就压得他难以喘息消停，

或许要不了多久，

他也要和他雄赳赳的军队告别，

只适合在静悄悄里。

鸟尽弓藏是他现在唯一要躲避的结局，

至于那些大功告成后的承诺，

只能听天由命，也不由分说。

陈朝皇帝向北奔逃一路残兵，

紧急的飞鸽悠闲地停在边关大将案头，

他一个人在灯火下，

独自掂量这逃难而来皇帝的分量，

他还在等待完整的情报，

那或许藏有一个他以为绝佳的机会，

其实也都是陈朝先帝过去成功的教诲。

这场浩荡豪放的赌局，

他本是一个无足轻重，

甚或是可以随时牺牲的马前卒，

从来没有想过成为棋手，博弈押注。

但世事难料，风云叵测，

一场激烈的博弈让他有了可乘之机，

四两拨千斤的渔翁之利，

那是一本的万利，

再想到先朝的往事，

他心潮澎湃，

说不定也弄出个王朝来。

终于，

他得到了所有的情报，

陈朝皇帝五六万兵不足为惧，

一代枭雄——慕容擎天，

也灰飞烟灭，

那富甲天下的花家，

成了最后的黄雀。

这边境十五万的大军，

是他有力的筹码，

但却远远不够。

过了很久，

他下定了决心，

一口气吹灭了蜡烛，

身披黑夜和背信弃义的外衣，

与北方境外的王朝取得了联系。

用了陈朝先帝曾用过的那套割地求荣的把戏，

妄图再演一出偷天换日的好戏，

只是他这次割取得更加无耻和露骨，

欲将黄河以北都拱手相送，

好像这广阔的南国都已是他的囊中之物，

可以轻易地拿来交易，

换取他得来全不费工夫的美梦。

他甚至都开始相信，

他这只局中的麻雀，

现要幻化成黄雀背后的苍鹰，

成为最后的最大赢家。

不过，

到底还只是黄粱一梦，

他错误地估计了自己，

运气也毫不争气，

区区十五万军力就妄想

和当年陈天霸倾国的八十万精兵并提？

一个名不见经传的边境守将就想

靠出卖来撬动整个南国？

所以悲剧会是唯一的结局，

他当即被扣押在北周的牢狱，

成了江湖的笑柄。

那北境的北周王朝，

早已虎视眈眈南国很久，

只是一直在等待一个时机。

原先的陈朝手掌百万大军，

那是他们深深的顾忌。

如今，南国经过这场灾祸，

在你争我夺中已经疲惫，

在你死我活里陷入虚弱，

人杰争斗，枭雄对决，

黄雀也在最后浮出水面，

连马前卒都想入非非，

已是混乱不堪的局面，

这便是最好的时机。

于是，

北周大帝起兵百万，

骑兵五十万，步兵五十万，

浩浩荡荡自北南下，

似苍鹰搏击长空，

俯冲向着黄雀而去。

第四十三章
商　人

茫茫的戈壁一望无际，

阳光下闪耀着星星点点的

白色光芒，

那是死亡残留的各种标记。

干燥的风像刀子一样反复犁着大地，

留下皲裂狰狞的痕迹，

逼迫着黄褐色大地，

把绝望铺陈至遥远天际。

看，

那遥远地平线，

在炽热的空气里，

好像在生长，

在一点点长高，

一尺、两尺，一米、两米。

那是什么？

那是一堵暴风的墙，

铺天盖地而起，

从远方的天际滚滚而来，

淹没这广袤的大戈壁，

充满了远处、近处和处处，

俘虏了苍天，绑架了大地，

吞灭所有生机，甚至光明。

终于，

越来越近，进入了目力所及，

那翻腾汹涌的飞沙走石中，

潮涌出整整齐齐的旌旗，

和山岳巨浪般的铁骑，

他们时隐时现在这滔天黄沙里，

像是踏着飞沙御风而来，

要统御整个世界，

征服每一口空气。

硬心肠的戈壁趴伏在其跟前，

瑟瑟发抖，

嚣张的风也不敢大口呼吸，

在眼前憋得满脸通红。

这是天界的神兵，

还是地狱的修罗？

竟一不小心垂涎起了人间，

气势汹汹地降落大地。

其实这是北周大帝五十万铁骑。

如果这时你飞上高空，

一定可以看见那滚滚铁骑，

万马奔腾，如巨浪赶潮，

似大江潮汛，汹涌澎湃，

在天地间划出了一道生死长线，

迅疾地吞没向前。

而在这片潮头之后，

还有漫漫的一片，

泛着金属光泽的铁流，

他们紧接着那千里一线的江潮，

恐后争先，催着向前，

无边无际，与天地连成一片，

这后面是北周大帝五十万步兵军团。

声势浩大的百万大军，

如今，正向南而下，

欲直捣金陵。

金陵城中,深宫,

花家父子叔侄一众,

正在窃窃商议

时局变幻与所料不及。

"没想到边境大将还欲效仿陈天霸,

引狼入室以窃取天下。"

"可惜自不量力,

直接被北周就地灭弃。"

"是啊,区区十万兵,

连做棋子都不够格,还想做儿皇帝?!"

宫殿中你一言我一语。

"陈朝皇帝可有音信?"这时花老问大子。

"陈帝所带残兵败将不过六七万,

已被北周大帝的百万大军路过时顺带吞没,

连一点声响涟漪都没泛起。"大子默默地说。

"哦? 控弦五十万,步军五十万。

北国骑兵自古是其所长,有五十万不足为奇,

可北周如今连步军都蓄养了五十万众,

真是窥视南国由来已久啊!

百万军力,两倍于我,不好应付!"

花父也眉头紧锁，

良久询问说："大家都说说想法！"

"江山天下，苦心积虑方才夺得，

切不可轻易罢手。"二子抢先说。

"我们兵力也有五十万之众，

又占地利，如能据守长江天堑，

发挥南方水战之优，

未尝不可一搏。

周郎东风的故事，

也才刚去不久。"

"大子，你如何看？"花父转头问。

"父亲。二弟说的不无道理，

我方并非毫无还手之力，

绝不能拱手相让这社稷黎民。

四叔，您看呢？"大子又看向花老。

"我仔细想过，

我们虽有五十万大军，

但我们没有战力卓著的骑兵兵团，

这使得我们很难抵御骑兵的攻击，

何况北周那还是五十万大骑兵团，

此是其一。

其二，

北方擅马战,南方擅水战,

以己之长击敌之短是良策,

但我们没有成熟规模的水军,

无法大规模做持久水战,

假以水军想赢取周郎般胜利,

很难!

再者,

即便以我们现在五十万步军来看,

用其攻打疲惫之师可以,

但如果攻打生力军,

战力要大打折扣,

因为是平日蓄养

临时武装起的队伍,

虽然平素也有定期训练,

但对仗沙场征战多年的老兵,

肯定力有很多不及。

而反观北周,刚统一北方不久,

军兵是千锤百炼,

信心正旺,战力最盛,

气势也如火如荼!

何况他们有五十万骑兵,五十万步军,

步骑互为掩护,如果配合得当,

其战力高于我们四倍不止,

就算我们穷尽妙计,

也胜算微毫,

这一仗确实很难!"花老叹了口气。

"七子,你是何意?"花父又问花晚楼。

"明知不行而强行,

必不能善其所欲,

且不论能敌与否,

即便侥幸能敌,

怕也会是凄凄惨惨的胜利,

如若届时伤亡十之八九,

北周即使兵败退回,

我等还有何能力稳守南国天下,

那里武林正盛,

这里慕容刚刚受屈,

各地散落的陈军也还在游离,

说不定我们拼到最后，

还是给别人做了嫁衣。

这个买卖绝对不划算！"

花父微微眯了一眯眼睛，

"你说该当如何？"

"父亲，我们是商人，

做的是生意，

低买高卖是我们的强项，

奇货可居但不能砸在手里，

既然硬敌北周不行，

那我们就去和他好好做一场生意。"

第四十四章
筹　码

所有的结局都只是另一个开始，

越过千山万水的轮回，

停下来发现兜兜转转还在原地。

花老穿过万水千山，

披星戴月，一路向北，

他要穿过故国，穿过北周，

走过茫茫戈壁，

越过那荒无人烟的沙漠，

他要去那茫茫无际的草原。

在那骏马驰骋的遥远大草原，

传说一位英勇无敌的可汗已经诞生，

正在草原上四处征战，

击败一个个比他强大的对手，

统一一个又一个部落。

花老就是要去找他，

要用三寸之舌说动漠北可汗南顾，

只要一次南顾,就能抵上千军万马,

让北周大军难以久留南方,

顾虑重重、瞻前顾后,

这是这个大生意的筹码。

在南国,

花家悉数接收陈国的水师,

虽不过三万,

但训练有素,阵法谙熟,

大戏的上演全靠他们。

又征调民间所有楼船、舴艋无数,

既是坚壁清野,也是武装自己,

因为他们要装扮起三十万水师,

摆下三十万水师据守天堑的阵势,

这也是这个大生意的筹码。

那北周的军队浩浩荡荡,

沿途烽烟滚滚,

拉起遮天的烟尘一路向南,

一直赶到长江之畔,

北周大帝和众将列马岸头，

看那浩渺的长江巨水，

那是一条从天而降的金鳞巨龙，

横亘在众生之前，

翻腾着绵绵永恒的气息，

睥睨着人马万物如蝼蚁。

在晨光中，

金灿灿的鳞甲闪耀着天地，

从远处的莽莽群山中冲杀而出，

奔涌直下，

在眼前这块巨大的平原上肆虐，

像是挣脱铁锁的天河神将，

大肆施展他的惊天威能，

在无风的晴空下发出震天的吼声，

霹雳、电闪、翻滚、撒欢，

掀起铺天盖地的气势，

让所有生灵都想匍匐跟前。

在那广阔的江水之中，

滚滚的暗流在猖獗，

巨大的漩涡在舞蹈，

疯狂变幻着节奏，

瞬息吞没

远山冲刷来的巨木，

一口吞噬掉后，

又泛起巨石翻滚着，

像是打着饱嗝，

又像是嚣张的恐吓，

辽阔的江面没有任何生机在漂浮，

只点缀着许多暗流和漩涡，

等待着岸上生灵的自投罗网，

以飨饕餮的盛宴。

"难怪当年曹公折戟赤壁，

这滔天的恶水，

是上帝划下的天堑。"

北周帝叹了口气，

回首问："可有渡江良策？"

"陛下，我们自北而来，

士兵多不谙水性，

难驾舟楫，

两岸舟船早被征调一空，

我们只能自行造巨船而渡。"军师回禀道。

"造巨船而渡？如若火攻，我将奈何？"

北周帝追问。

"若舟小于我大军难渡，

北方之兵生平多未涉船，

眼下又是要横渡巨水，

小舟随波摇晃难以站稳，

如遇敌方水师来战，

稳住脚跟尚且不能，

定难以制敌招架。

故只好制造巨船，

在下游江平水缓处，

千舟齐渡，一气呵成。"

"不可！太过冒险，

如敌半渡而击，水师齐出，

我辈岂不成曹公第二，贻笑千古。"

北周皇帝顾虑重重。

"陛下放心，自前得军报，

花家现虽据江南，

但只是临时武装了步兵，

骑兵尚且不多，更无正规水军，

故只要我军势大，百万齐渡，

谅他们也难奈我何。"

军师显得信心满满。

……

第四十五章
南国水师

"这？……"北周帝正在犹豫。

突然，

江面上传来了隆隆的战鼓声，

一声、两声，

敲碎了思虑，

敲出了生机，

十声、二十声……

越来越多，唤醒了大地，

似要起身看看这肆虐的大水，

是何来历。

鼓声也越来越大，越来越密集，

众人向江对面看去，

只见，

在晨雾尚未散开的江面上，

从左到右，

目光所及之处，

同时响起隆隆的战鼓，

伴随着那鼓声，

一栋栋巨大楼船的身影，

从江雾中慢慢现身，如海市蜃楼，

耸立着十丈高的骄傲，

显摆着数丈之阔的霸道，

船首纹刻着鲜艳狰狞的巨兽，

露出獠牙阴森森地看过来，

像是洪荒巨兽在江中拉着楼船前行。

那船头端坐一个巨大的金鼓，

四个赤裸上身的虬髯大汉挥舞响天巨槌，

轰隆隆地擂着金鼓，

每一声金鼓伴随着巨兽的低吼，

像拉驮着王屋太行，

浩浩荡荡地涌上江面，

击拍挑逗长江这翻滚的巨龙，

又挑衅睥睨着北周大军，

从江对岸排山倒海地压将过来。

北周大帝及众将士一时惊诧在原地，

常年在大地上纵横驰骋，

见过暴风骤雨，

见过黄沙滚滚，

甚至见过山崩地裂，

但哪里见过巨水上的阵仗，

这不像人间怪力，

倒像是天神之怒，

滚滚滔天的江水巨龙怒吼，

混响着那数百头船头的巨兽，

战鼓颤抖，大地匍匐，

肆虐惊天的气势，

将凉气灌满北岸的大军。

又突然，

数百艘巨船上响起号角声，

天地之音巨变，

预示着又一场大戏的上演，

金鼓声大振，号角声长鸣，

长江巨龙在欢腾，

大地在低沉抖动，

天空也躁动呐喊。

一时间，在巨船的间隙，

现出密密麻麻的小船舴艋，

船头顶数丈长的锋利，

船腰系一丈宽的迅疾，

犹如一柄柄带风的尖刀浮在水面上，

听命于号角离弦，

嗖嗖嗖地排排射出，

楼船间不断涌出的小船，

不停地乘风射出，

不过几个瞬息，

江面已布满冲锋陷阵，

御风踏浪席卷过来，

像是灵霄宝殿下凡的天兵，

齐刷刷地来降妖除魔，

每艘冲锋舟上，

站立两排兵士衣甲整齐，

短刀在腰，强弩在手，整齐划一，

在那滔滔江水中，

随着颠簸起伏的浪头，

纹丝不动，

恰似个个弄潮儿郎，

争先恐后地要立军功，

只待一声令下，引动万千劫杀。

这数千只小艋舺在江上来回穿梭，

迅如疾风，如履平地，

不断地随着军中号角指令，

变幻着种种缭乱的阵形。

北周军士呆呆看着，

像是观看着杂技，

瞠目结舌，胸口窒息，

要他们这群旱鸭子如何

对战这群东海龙宫的精兵强将，

就算他们陆上勇猛如狮虎，

下了江中有去无还也是注定。

北周众将面面相觑，

偷眼瞄着北周帝，

也是愁眉深蹙。

再突然，

江面上号角声变幻，

惊醒了众将，

不待大家回神寻望，

那密如骤雨的弩箭从江面铺盖过来，

像一团浓墨乌云笼罩，

要浇灭岸上的惊慌失措，

粉碎觊觎南国的信心。

后队改先锋，急忙后撤，

大帝也在众将的护佑下奋蹄撤逃，

直奔二十里方才安营扎寨，

严防死守，寸步不离，

生怕那南国的水军猛兽冲上陆地。

第四十六章
忧 虑

灯火通明照着层层忧虑，

空气停滞看着沉默不语，

"我们就真拿水军没办法？"

北周帝问众人。

"陛下，请勿忧心。

今日初来乍到准备不足，

士兵久处旱地水土不服，

是故，

惊怪于未见之水军阵仗，

失措在敌军冷不丁之攻击，

这并不是我们真正军力。"

军师答道。

"这据江对峙也不是办法。"

北周帝忧虑。

"那南国兵力不及我一半，

我军久经战阵骁勇彪悍，

观南国兵军虽蓄养多时，

但未经战阵是致命短板，

如若正面交战会处弱势，

鼓声未落我方就可轻松获胜。"

大将谗谄大帝信心满地。

"据险而守恐难以接战啊！"

大帝叹息。

"陛下放心，

长江远阔蜿蜒无际，

不能处处重兵守据，

我军只要静待时机，

偷渡过江，一旦上岸，

必如破竹所向披靡。"

军师又道。

"此地南国臣民遍及，

瞒天过江不知不觉，

恐难实现不切实际。"

另一谋士忧虑道，

"今日观敌，

艨舺小舟行动迅疾，
顺水极快逆江非难，
我军渡江一旦告禀，
水军欺近半渡而击，
莽莽撞撞后果难料！"
军师闻言也深知中的，
大帝也忧虑正有其理，
久久沉默裹挟着思考，
思考又在权衡中徘徊，
左右为难中等待决心。

最后，大帝道：
"倾国而来挥师百万，
绝不可能止步于此！
敌虽水上优于我军，
但我兵力倍于敌方，
强行渡江不怕牺牲，
一旦过江战无不胜，
统一南国在此一举！"

众将默默点头称是，

举国南渡国内空虚，

久滞不回唯恐生变，

草原部落一时兵起，

偷袭老巢得不偿失。

所以大家明知大帝，

掩盖许多自欺之意，

不怕牺牲多少到底？

如若江中半渡而击，

火攻箭射穿梭偷袭，

瞬间断送南攻勇气，

是场没底冒险游戏，

甚或可成第二赤壁。

可箭上弦不得不发，

正在众将犹豫不决

准备背水一战之际，

忽听帐外来报：

"南国特使求见。"

大帝先是一愣，

与军师对视后，

终于会心微笑，

"请进!"

对众将说：

"尔等回营，

静候军令!"

第四十七章
谈　判

花晚楼和三人一起走进帐内，

三人一个白衣白发苍白的脸，

一个拄着拐杖脚下踏过无痕，

一个四条眉毛目如星空幽远，

大帝侍卫只瞥一眼，

晴天霹雳如临大敌，

顷刻飞身将帝护佑，

另批侍卫已欺近前，

顿时金刀出鞘，铿锵声四起，

杀气将四人团团围住，

帐内瞬时撑起剑拔弩张的氛围，

"哈哈哈！

传说北周大帝英武神明，

数年纵横驰骋一统北方，

今日特来拜慕大帝真颜，

不想却是如此待客之道。"

花晚楼颇为从容。

"退下！"

北周大帝对侍卫们喝道。

"不可,陛下,

这四人乃南国顶尖高手,

联手下罕有人能与之匹敌,

若欲行刺该当如何是好!"

侍卫长说道。

"侍卫大人果真会说笑话,

天下间有谁见堂而皇之、

上门通报如此潇洒之刺客?

北周大帝,

在下是南国花家第七子——花晚楼,

奉家父之命来拜见大帝。"

花晚楼拱手相敬。

"退下！"

北周大帝这次十分坚定,

各侍卫慢慢地退到旁边,

盯着这四个人目不转睛。

"赐坐!"

花晚楼一众轻巧地坐下,

晚楼拱手对大帝又言说:

"事关机密还请屏退左右。"

"陛下,万万不可!"

侍卫长跃进七子跟前,

"花七子,你到底是何居心?"

北周大帝沉默一会,

示意左右退下只留军师。

"陛下,

微臣身系主上安危,

誓死不能避退,

除非您将微臣斩首!"

侍卫长决绝地说。

"七子,侍卫长跟随我多年,

是我十分信任的心腹,

你有话尽可直说,

不必计较。"北周帝说。

"好!

我此次前来是想和大帝谈一桩生意。"

花晚楼笑着说。

"生意?

如今你我双方大军剑拔弩张,

只为江山黎民、天下社稷,何来生意?"

大帝疑惑道。

"大帝,您觉得我方水军如何?"

"南国地处湿地,南人自幼亲水,水军自然不弱。"

大帝含蓄地回答。

"那如果我南国上下齐心,

以长江为堑,以水军为主力,

誓要和大帝决一死战,

大帝您觉得如何?"

"你南国兵戎未歇,

不过区区五十万兵,

且未有善战精骑,

又不是久战之兵,

如何能敌我百万步骑,

如若你们冥顽不灵,

只要一战,

下场便是灰飞烟灭。"

军师从旁轻叱道。

北周大帝目光灼灼。

"军师大人说的好像没错，

就算我们全力抗击，

可能也未必尽如人意。

但此处我国，民心所向，

况有天堑，尔等又不识水战，

大军远道而来，给养长路漫漫，

假若真的全力交战，

你们有多少把握速战速决？

你们可又算过百万大军，

强渡长江会淹没多少魂魄？

欲吞没我五十万军，

又要折损多少战魂？

再而南国地域辽阔，

征服还要耗费多少兵力？

你们准备用多少年来做成这件事？

是一年、两年、五年还是十年？

不如让我与你们算来，

百万大军,不识水性,

过长江,战水军,要没二十万军,

登江岸,战五十万之众,

胜则惨胜,再要没三十万军,

南国各地不受外辱,

我辈散落民间各处,

举旗反抗此起彼伏,

让你

捉襟见肘左支右绌,

钳制兵力,还要二十万军,

别说一月莫说一年,

五年能否抚平南国,

也是可知中的未知。

但别忘了,

在北周之北,大漠之外,

茫茫草原上还有群虎视眈眈的豺狼,

在伺机等待最后的饕餮大餐,

如若你们在南国损耗多半,

兵力受牵,又久拖难回,

恐怕北周宫城在你班师回朝之日,

早已成为他人之巢,

莫非大帝与军师真未曾如此设想过?!"

花晚楼低眉浅笑,露出轻轻的嘲讽。

大帝与军师对视,

军师轻轻摇了摇头,转头说:

"七子真能言善辩,但切莫耸人听闻,

我百万大军要扫平你南国只是一月之事,

无论长江天堑,还是南国水军,

都无法抵挡我百万雄师。

你别拿蒙古可汗说事,

蒙古部落与我相交多年,相安无事,

况他们本就战火不歇,何暇南顾?

如果你不过想设此诈局,

我劝你还是回营备战吧!"

"哦? 军师如此有信心?"

花晚楼诡异地笑了起来。

在此间寂静沉默没多久,

八百里战报官掀帐而入,

"陛下,十万火急!"

北周大帝迅速拿起战报,

一行字张皇浮现在眼前:

"陛下,蒙古大汗点五十万骠骑,往我边境进发,请速
回援!"

第四十八章
交 易

花晚楼看到北周大帝的表情，

心里已是十分的了明，

连最后一丝担忧也轻松消散，

暗自心惊四叔的神机妙算，

一人单枪匹马就凭三寸口舌，

终说动蒙古的新汗，

热心贪恋，狼顾南望，

跃跃欲试，蠢蠢欲动，

又谋虑精巧及时传书回来，

布下这个谈判之局，

看来是时候做交易了。

"大帝，可否有兴趣听我接着说完？"

花晚楼轻松地询问。

"七子，请说！"

北周帝堆出层层笑容，

掩饰暗自的惊心。

"我花家以经商为生,

向来无心江山社稷,

奈何同宗北越皇家,

受邀共复祖宗基业。

恰逢南国燕陈之争,

两军久战相持不下,

双双恳请出面调停,

有意相授南国天下,

事到如今情非得已。

今北周大帝,

雄图霸业神武英明,

既然有意一统南国,

亦是南国百姓福音。

我本商家,

治国理政非我所长,

是故今日进帐拜帖,

想和大帝做一交易。"

花晚楼侃侃而谈。

"接着说！"

北周大帝饶有兴趣。

"如若大帝同意交易，

南国天下轻而易取，

但望大帝，

体恤百姓战乱之苦，

赐万民之乐业安居。"

说到此处，七子深深作揖。

"治大国平天下，

安朝邦乐子民，

是我终身明志，

七子尽可放心。"

北周帝慷慨道。

"花花江山美丽，

我花家识大体，

以天下黎民为重，拱手相让，

但还有一二心愿，望务成全。"

花晚楼微笑挂满脸庞。

"尽管说来！"

北周帝很是开心。

"望大帝可封北越故地于我花家,

以使我辈后生可对得起列祖列宗,

此其一。"

"可!"

"其二,御赐我花家丹书铁券,

许我家在南北周境做市行商,无人滋扰。"

"可!"

"其三,在北越封地内,我家盐铁自营,

官员自选,可向周国备案。"

"还有吗?"

"还有就是,为求自保,

在我家封地内,允许保有兵甲,

以抵御匪盗入侵,

就这些,还请大帝恩准!"

"如果我不答应呢?"大帝反问。

"我相信,

以北周大帝之神武英明,

军师之天下无双的才智,

定能明了这是一笔很值得的生意,

条件区区,杯酒之间,

即可免血战五十万损军折将之忧，

又可少数年平南国劳心烦神之期，

还能避苍鹰猎雀却毙命弓弩之祸，

白白便宜了茫茫蒙古草原的部落。"

花晚楼句句紧逼，让人无法喘息。

北周帝和军师对视良久，

终于开口："兹事体大，

请容我考虑一下。"

第四十九章
回归小楼

白云深深地眷恋着山峰，

缠绕在山林的腰间舞动，

那层层峰峦默默盘坐于大地，

像是在听经修课。

清风吹拂起蒙蒙雾气，

挑逗着山林间每一片树叶，

还有每一粒尘埃，

但树叶、尘埃都不为所动，

都在静静地默诵天书，

学习古往今来和天地万重。

这里的世界注满灵性，

哪怕是雨雾、山岚

和奔跑的小松鼠，

都会思考智慧的归宿。

因为这层层山峰的深处，

住着一位震古烁今的仙主，

似仙是仙可观天地人间，

似仙非仙通达六欲七情，

这无上的尊者就是花老和大司马的师父，

此时他正看着这两位弟子的对弈。

"师父,我与师兄的赌局,谁赢谁输?"

大司马也渴望着师尊的答案。

"你俩都未赢,也都未输!"

"还请师尊明训!"

两兄弟同时起立行礼。

"当年你二人赌约之后,

各选定了人主,

都递来一份纸条留我备注,

花小四选的是其兄长,并非慕容。"

花老闻言,露出浅浅的微笑,

但随即又升起大大的疑惑。

"花小四,

你想必也猜出你师兄所选之人也并非陈帝,而是北
　　周帝。"

大司马脸上一片灿烂在铺展,看着师弟。

"其实小四后来应该已有所觉察,

所以你才去了蒙古草原,诱其南顾。"师尊微笑着说。

"那师尊为何说我们都没有赢呢?"花四问。

"因为无论花家,

还是北周帝都未能实现天下统一。

花家虽是封地故国,但毕竟未能独立一国,

北周帝虽巧取南国,但北越封地实属国中之国,难说

一统。"

"那您又为何说我们都未输呢?"又问。

"司马明面上是赢,自然不可说输,

而你虽明面上可说是输,但冥冥之中,

你的草原之行,却敲响了北周后世的丧钟,

叩醒了未来天下的正主,

所以你也不能算输。"

司马和花老若有所悟,

同时惊叹唏嘘不已。

夕阳慷慨地抛洒着金辉,

将这路口的小楼浇铸得金灿灿,

那西窗外的田野,

站着成群的向日葵,

摇晃着大脑袋向着西天瞭望。

在小楼的下面，

簇拥着成片成片的菊花，

金黄色的花海里，

点缀着红色的蝴蝶兰，

远山一阵微风吹来，

扇动这无边的葵花、金黄的菊花纷纷点头，

复苏了那些蝴蝶兰花。

微风中，

似万千只蝴蝶围绕着小楼振翅欲飞。

远山青木的味道拥抱着花海的芬芳，

来回荡涤着小楼，

沁满楼上。

花晚楼面向着夕阳，

双手温柔地抚摸着花瓣，

像是抚摸情人的嘴唇，

面带热爱、满足的微笑，

身后袅袅升起古琴的音韵，

似高山流水，似春花秋月。

天晴一袭红衣，

葱指轻拨着琴弦，

也拨动了满楼的心田，

他们又回到从前，

只不过如今已不再有所挂念，

只身清闲，

他们住在红尘之外，

是人间神仙美眷。

"七哥，我感觉这都像梦一样，

我们兜兜转转又回到了当初的原点，

但多了一份深沉的爱恋。"

"是啊！是原点又不是原点，

我们又来到了从前，

我们幸运地还拥有生命和所爱，

而且可以从头活过。

世上诸事，

循环往复，兜兜转转。

众里寻她，机关算尽，最后又回到了原点。

所有的终点，都是另一个开始，

历史的重演就在今天，

从未爽约！"